U0072347

藝術家的故事

03

米開朗基羅

韓秀◎著

寫在前面

　　二〇一六年六月是充滿喜悅的一個月。六月三日，完成了藝術家傳記《塞尚》，把稿子寄往臺北編輯部，然後開筆寫短篇小說〈球季〉，為的是平復心境，以探討生死課題的小說來平緩塞尚在最近一年裡帶來的情緒上的巨大歡喜、巨大哀痛。小說極順利地完成的同一天，六月十六日，收到紐約摩根圖書館熱情的邀約，從未在美國展出的林布蘭特早期傑作《懊悔的猶大退還三十塊銀錢》來到了紐約，將在摩根展出三個月，然後便要回到倫敦，回到私人收藏家的密室，恐怕再難相見……。毫不猶疑，第二天，我們便飛車前往曼哈頓，到旅館放下行李便直奔摩根，不但見到這幅極具震撼力的作品，而且看到了來自海牙的惠更斯日記，日記攤放開來的那一頁便記載著惠更斯初次見到這幅作品時的歡喜讚嘆。當這一段話以英文被來自阿姆斯特丹的藝術史家徐徐道出的時候，我的眼睛裡湧滿了淚水；多麼好啊，這樣的精采情節被我留在了這一年元月出版的《林布蘭特》裡。

　　晚間的曼哈頓，華貴、璀璨。面對美酒佳餚，我的思緒飛向遠方，飛向鬱金香國度。對林布蘭特滿心感激，覺得幾個小時之前的美麗重逢

是林布蘭特給我的嘉獎，狂喜的心情無法平復。深夜，人睡了，腦子仍在活躍中，不得安寧，好像起起伏伏漫步在阿姆斯特丹一座又一座的橋面上，看林布蘭特寫生……。

　　十八日早餐時間，我跟外子 Jeff 說，「昨天夜裡，林布蘭特指示了大都會的方向。」他微笑，「我們今天本來就計畫到大都會去看望塞尚啊……」。我點點頭沒有說話，意識深處卻覺得林布蘭特意有所指。抵達大都會的時候尚未到十點鐘，我們站在隊列裡安靜地等候博物館開門。陽光照亮了第五大道上博物館兩側的噴泉，噴射而出的水霧在最高點上形成了稍縱即逝的彩虹。就在這一片輝煌的迷濛中，愛神邱比特長著鬈髮的頭清晰地浮現出來，"Manhattan Cupid!" 我叫了出來。Jeff 聽到了，便說，「可不是嗎，在美國境內唯一的米開朗基羅（Michelangelo di Lodovico Buonarroti Simoni）的雕塑作品就在大都會展出，只不過，這件作品的產權屬於羅浮宮，大都會有權展示十年，二〇〇九年到二〇一九年。據我所知，目前的協議是這樣，……」。我的耳邊卻聽到了塞尚親切的語聲，「你先去看米開朗基羅，然後再來看我……」

　　親愛的塞尚先生，永遠是這樣的善解人意。我謝過他，走進大都會，請教服務臺工作人員，「請問，曼哈頓邱比特……」，不等我說完，這位和藹可親的女士已經在一份導覽圖上用藍筆標明了位置，一樓義大利文藝復興雕塑廳的正中央，五〇三展廳。她鄭重說明，「這件作品不是

大都會的收藏……」，那是特別提醒我們，對這件作品的保護格外的嚴格。我謝了她，徑直朝這間展廳走去。

踏進展廳大門，迎面走來兩位制服筆挺上了一點年紀的工作人員，我迎住他們的目光，道了早安。不容我發問，兩人同時面對面側轉各伸出一條手臂，在兩條手臂的指引下，我看到了神態活潑的邱比特昂然站立在展廳的中央。

我筆直地向年輕的愛神走去，祂的鬈髮在風中抖動，祂睜大雙眼「瞪視」著左前方，正在彎弓搭箭，這支箭一旦射出，無神無人能夠倖免，必然墮入情海不知所終。愛神盲目、表情嚴肅而無奈，稚嫩的嘴角輪廓鮮明卻沒有表達心情，因為祂真的不知道箭矢射出以後的結果……。

《少年射手》Young Archer 或 《曼哈頓邱比特》
Manhattan Cupid，1490

這件作品是米開朗基羅十五歲時的創作，隨同一些精美的古希臘古羅馬雕塑藝術品一道來到曼哈頓。曾被命名為《少年射手》的這件大理石雕塑在歐洲與美洲之間，經過四百年的時光才被確定是米開朗基羅的作品；到目前為止，公認為是米開朗基羅最早的作品，因其久居曼哈頓也被命名為《曼哈頓邱比特》。

　　作品缺手斷腳，背脊上用來攜箭袋的帶子已然斷裂，但是，米白色，帶著歲月痕跡的大理石卻在一雙年輕的手裡活了過來，永遠地附著愛神的靈魂，靜靜地站立，心平氣和地等待著「被發現」。恍然間，愛神笑了，嘴角翹了起來，輪廓細緻、漂亮的臉龐上顯出了調皮的神情。

　　被這調皮所指引，我再次走到了愛神身後，從祂的肩頭望過去，正好直接面對了正在走向祂的那兩位工作人員，目光相接之後，兩位工作人員同時轉身背對我向展廳入口踱去，步履緩慢。我繞到愛神面前，伸出右手，用食指輕輕碰觸祂的左膝蓋，手指碰觸到了米開朗基羅琢磨出來的「肌膚」，剎那間，感覺到肌肉的彈性、骨骼的堅實。此時此刻，我的雙眼同愛神一樣盲目，那手感卻留在了心裡，生了根，再也不會移動。

　　我向微笑著的愛神依依道別，緩緩地轉過身來，正好面對那兩位親切的工作人員，他們的眼睛裡滿是笑意。我向他們道謝，他們微笑點頭，兵分兩路，從我同愛神身邊走過，向前走去，繼續著他們的往返巡邏。

　　帶著無限的滿足，我頹然坐倒在大都會二樓塞尚專屬展廳的長凳上，四周都是塞尚的作品，耳朵裡滿是鑿子琢磨石頭發出的歡快的噹噹聲。好不容易，我聽清了塞尚一往情深的話語，「那時候，我年輕，在羅浮宮臨摹過這位《少年射手》，博物館的說明文字曾經指出這大約是十六世紀晚期的作品，創作者不詳……。那時候，我有一種非常幸福的

感覺，直到現在還能感覺得到⋯⋯」

「啊，你在這裡⋯⋯」是 Jeff 輕鬆愉快的聲音，「其實不需要等待四百年的，佛羅倫薩大名鼎鼎的鑑賞家、骨董商斯蒂法諾・巴爾蒂尼（Stefano Bardini）一八九二年在倫敦參加拍賣活動的時候已經表示過，這件大理石雕塑應該是出自年輕的米開朗基羅之手，只不過沒有引起藝術史家的注意⋯⋯，真是非常的可惜。他可是比英籍紐約大學藝術史家貝冉特教授（K.Weil-Garris Brandt）、大都會歐洲雕塑部主管樞波爾（J. D. Draper）先生早了將近一個世紀啊⋯⋯」

「可不是嗎，在那次拍賣會上，這件作品居然流標了，結果被精明的建築設計師懷特（Stanford White）轉賣給曼哈頓大收藏家惠特尼夫婦（Mr. & Mrs. Payne Whitney）；不只是轉賣，懷特還親自設計了惠特尼在第五大道九百七十二號豪宅的噴水池，將《少年射手》置於其上。這座物業最終轉賣給了法國政府，成為法國駐紐約文化藝術中心之後，貝冉特教授同樞波爾先生才有機會透過玻璃窗看到少年米開朗基羅的傑作⋯⋯」我也記起了這一段不凡的歷史。

鑿子在鐵鎚的擊打下琢磨石頭的噹噹聲再次響起，米開朗基羅的聲音遠遠地傳了過來，「這位可敬的主管先生可沒有從我親愛的同鄉巴爾蒂尼那裡學到真知，竟然以為這座邱比特是我的老師喬凡尼（Bertoldo di Giovanni）的手藝，還是要謝謝這位可愛的貝冉特教授，她在一個雨天

再次見到便叫了起來，『上帝啊，那真的是他啊……』」米開朗基羅得意地大笑了起來。那是真的，站在陰暗的雨地裡，室內外光線的反差讓貝冉特教授發現了噴水池上的雕塑不是凡品。

「其實，這位櫃波爾先生是一位很誠實的人，他把這一段過往寫成文章公開發表，所有的點點滴滴都沒有疏漏，很客觀地將每一個人的功績都寫得清清楚楚。曼哈頓邱比特一直同古希臘古羅馬大師們的作品住在一起，多半的時候也一直被認為是古代藝術品，直到本世紀才確定是閣下的初試啼聲，還要感謝您那幅塵封多年的草圖在佛羅倫薩被發現呢。如此這般，大家才確實了解，這不只是一位普通的少年射手，而且是十五歲的米開朗基羅創作的愛神邱比特。」我很誠懇地這樣說。

天堂的日子的確是比較好過，米開朗基羅的臉頰不再瘦削，鬈曲的頭髮有了光澤，被打斷的鼻梁骨不再明顯，琥珀色的眼睛裡火星跳躍著，他的嘴角在鬍鬚裡翹了起來，他炯炯地看著我，問道，「告訴我，曼哈頓到底是怎樣的一個地方？」

「這是一座堅硬的岩石島，從海底深處拔地而起……」

「啊，岩石！」米開朗基羅雙手緊握鐵鎚和鑿子，開心地笑了。

笑聲漸漸遠去，展廳光可鑑人的地板上留下了一連串灰白色的鞋印，聽到塞尚先生帶著笑意的語聲，「那可是來自天堂的大理石粉塵，金貴得很。」

1

　　中世紀的歐洲曾經是一塊黑暗、憂傷的大陸，文學與
藝術所關心的、所表現的只是宗教，只是人類死了以後要過
什麼樣的「日子」，「罪與罰」像烏雲一樣瀰漫在人們的心
頭。就在這樣陰鬱的氛圍裡，時間逐漸地移到了十三世紀末
葉，一位義大利畫家喬托（Giotto di Bondone）出現了，在
僵硬的拜占庭（Byzantine）藝術占據絕對主流的大環境裡，
喬托靜靜地讓聖者們穿上普通老百姓的衣服，畫面上出現了
翠綠的庭園、在風中搖曳的樹木、唱著歌的飛鳥。甚至，天
空竟然是蔚藍色的，就像人們每天看到的樣子。啊，原來藝
術也是可以讓人自由呼吸的！原來藝術可以是美麗的！原來
藝術不只是揭示痛苦，還可以讓人感覺幸福與快樂！這個時
候，就有學者悄悄地告訴人們，西元前四百年到西元後四百

年間，希臘同羅馬的藝術、文學就是充滿美感的！啊，人類的藝術已經漸漸衰落將近一千年了啊！人們開始想，有沒有任何可能來好好地透一口氣呢？

真正是因禍得福，由於土耳其人頻頻進犯拜占庭，許多拜占庭學者逃到了義大利，他們勤習拉丁文典籍，進行翻譯的工程，他們研究希臘羅馬藝術，提倡大眾喜聞樂見的藝術形式。於是，在先驅者喬托一百年之後，關心人，關心人類福祉的「人文思想」浮出檯面，原來，人是可以這樣重要的，人是可以追求現世生活的美好的，人是可以親近自然、了解自然的。終於，這樣的人文精神成為主流、成為核心，偉大的、輝煌的文藝復興（Renaissance）橫空出世，一掃中世紀的陰霾，人類迎來了藝術真正的春天。

繁花似錦的所在地首推義大利。何以如此？我們就需要提到一位教皇的名字，他就是著名的尼古拉五世（Nicholas V）。在基督教的世界裡，教皇是當然的「領袖人物」，教皇居住地羅馬（Rome）也就成為當然的「首都」。但是這

個首都在尼古拉五世登基的一四四七年卻是殘破的,其面積同人口尚且比不上威尼斯（Venice）、佛羅倫薩（Florence）和米蘭（Milan）。羅馬周遭七座山丘上用於供水的渠道早已被北來的異族入侵者破壞殆盡,水源枯竭,羅馬民眾只能依賴臺伯河（Tiber）的河水辛苦度日。早年山丘上櫛比鱗次的美麗宅邸早已成為廢墟,市民都居住在潮溼的平原。沼澤地正是瘟疫的發源之處,一旦瘟疫流行,死人無算。物質條件這樣匱乏不說,政治的情形更是混亂,一般來講,羅馬被教士們統治著,但是貴族們卻時時同教皇作對,引發層出不窮的暴亂,使得這個城市更加恐怖,更加悽慘。尼古拉五世之前的教皇們甚至想棄城逃走,「上帝啊,請允許我以任何城市取代羅馬,作為教皇居住之地吧」。

就在這樣的愁雲慘霧之中,一位貧苦出身的教士來到了位於羅馬同米蘭之間的古城波隆那（Bologna）,盡其一切的可能艱難地完成了波隆那大學的神學教育,並且在波隆那大主教手下工作了二十餘年。在求學同工作的歲月裡,這

位貧苦的教士成為一位真正的人文學者，他熱愛古代典籍，不但研究而且罄其所有來收藏。不惜節衣縮食、不惜舉債，而且時時夢想著能夠建立一個偉大的圖書館來收藏巨量典籍……。就在這些夢想中，日後的梵諦岡圖書館出現了模模糊糊的影子。

當波隆那的大主教去世時，這位沒有背棄基督教的人文主義者成為新的大主教；而當兩個貴族家庭為了新的教皇人選爭鬧不休之時，紅衣主教們為了排解糾紛，就敦請這位同任何貴族都沒有關係的新的波隆那大主教登上了教皇寶座，成為尼古拉五世。整個義大利的人文主義學者們都歡呼起來，「早年，古希臘哲學家柏拉圖（Plato）的『理想國』終於要出現在地平線上了，因為一位現代的人文哲學家成了國王！」

這位可敬的國王一夕之間有了巨大的財富，他不浪費一分一秒的時間，馬上派人前往雅典（Athens）、君士坦丁堡（Constantinople）、日耳曼（German states）和英倫三島的

大城小鎮搜求、購買、抄寫希臘同拉丁典籍。他在羅馬建立巨大的編譯中心，請來了無數知名學者在這裡工作。還有許多學者被這個工作吸引而不請自來，工作得廢寢忘食。就在這樣的學術氛圍裡，基督教文明同希臘羅馬的「異教文明」安安靜靜地找到了相容之道。尼古拉五世對學者們非常厚道，付給他們極為豐厚的酬勞。一時之間，羅馬成為歐洲人文主義的中心，熱鬧滾滾。

尼古拉五世為人非常的謙和，生活非常的簡樸，完全的不謀私利，贏得了周邊國家的尊敬，平息了諸多的紛爭，為人文思想的傳播贏取了寶貴的時間，以及不可或缺的平和的環境。

這位可敬的國王還是偉大的建築家，他領軍修復了羅馬，修整了渠道、橋梁、大街小巷，建立了圖書館、廣場，在典雅的庭園樹立起古希臘、古羅馬的雕塑藝術品。他還修復了許多教堂、修復了梵蒂岡（Vaticano）已頹塌的牆壁，並請畫家在上面作畫。

　　尼古拉五世在位只有短短八年，羅馬恢復了繁榮、贏回了尊嚴。大赦之年，滾滾錢財隨同朝聖的人潮湧進了羅馬；但是，有人就是不領情，不斷地伺機搗亂。一四五三年五月二十九日，東羅馬帝國傳來消息，鄂圖曼帝國（Ottoman Empire）蘇丹，二十一歲彪悍的「征服者」穆罕默德二世（Mehmed the Conqueror）竟然率領土耳其士兵用五萬具基督徒的屍體堆成奪城的高壘，君士坦丁堡陷落，綿延千年的拜占庭帝國走入歷史。更讓教皇心碎的是，美麗、神聖的聖索菲亞教堂（St. Sophia）竟然被改建為清真寺。一向平和的尼古拉五世不得不奮起呼籲基督教世界團結起來共同對抗血腥的伊斯蘭之劍。

　　然而，佛羅倫薩同威尼斯都小心在意著保護自家利益而不準備參加教皇呼籲的聖戰。內外煎逼之下，這位聰明、仁慈、和藹、寬厚、熱誠、慷慨、謙虛的教皇，在一四五五年鬱鬱而終，享年僅僅五十八歲。但是，就是他，融合了基督教與文藝復興之間的嫌隙，使得這個偉大的、藝術史上空前

輝煌的時代順利降臨。

　　二十年之後，一四七五年三月六日，米開朗基羅誕生在春寒料峭的義大利北部小鎮卡普瑞斯（Caprese），此地是山區，位於從佛羅倫薩前往亞瑞索（Arezzo）的路上。當時，米開朗基羅的父親洛多維柯（Lodovico di Lionardo Buonarroti Simoni）是卡普瑞斯鎮的鎮長，並且自豪著柏納瑞蒂這個貴族姓氏，認為其祖上是同佛羅倫薩豪門梅迪奇（Medici）家族不相上下的貴族。事實上，柏納瑞蒂家族多年來在佛羅倫薩成功地經營著銀行業，到了洛多維柯主事的時候，家道中落，他沒有能力使銀行持續營運，不得不退而求其次，擔任行政職務。因此，洛多維柯對孩子們的期望很高，希望他們接受良好的學校教育，長大之後名利雙收光宗耀祖。

　　米開朗基羅的母親弗蘭西斯卡（Francesca di Neri del Miniato di Siena）是一位虔誠、善良、美麗的女子，對孩子們愛護有加。但是，她體弱多病，奶水不足，米開朗基羅出

生之時，已經有一個比他大十多個月的兄長，還在哺乳中，母親便沒有足夠的奶水給這個剛剛降生、哭聲響亮的嬰兒。百般無奈，母親將新生兒託付給一位石匠的妻子。洛多維柯在佛羅倫薩附近的塞迪納諾（Settignano）有一個採石場和一個農場，這位石匠就在那個採石場工作，因此這位奶媽並非陌生人。於是，米開朗基羅便有了一個很不平凡、很幸福的嬰兒期，甚至，他得到了一個相當幸福的童年。

石匠的居所布滿了大理石粉塵，嬰兒米開朗基羅用小手抓住奶媽碩大的乳房快樂進食的時候，小手小臉上沾上了粉塵。奶媽驚異地發現，這個有錢人家的嬌客毫不在意，對於無處不在的粉塵好像非常的享受。石匠的居所整天都聽得到鑿石頭的噹噹聲，這個健康的嬰兒聽這聒噪的聲音如同天籟。吃飽喝足，米開朗基羅在噹噹聲中甜甜睡去，臉上滿是幸福的微笑，讓石匠一家人都非常的驚奇。晚間，鑿石頭的聲音靜下來了，奶媽抱著米開朗基羅，唱歌給他聽。奶媽是唱民謠的高手，米開朗基羅的眼睛像星星一樣閃亮著，靜靜

地聽著這美妙的歌聲。奶媽絕對沒有想到，懷中的這個嬰兒正在吸收的竟然是對詩歌同音韻的理解……。

就在米開朗基羅出生後不久，他的家人都搬回了佛羅倫薩，這樣，奶媽也就很方便不時地將米開朗基羅抱給他的母親看看，弗蘭西斯卡看到自己的二兒子如此健壯，自然也是非常開心的。她沒有想到，採石場對於這個嬰兒來講意義非凡。米開朗基羅剛剛開始學步，就愛上了石頭，一塊小石頭能夠讓他高興一整天。待他稍微大一點，就會選擇美麗的石塊，靜靜觀察它們，臉上會出現非常嚴肅的表情，讓石匠感覺完全的不可思議。

弗蘭西斯卡在生了米開朗基羅之後又生了三個男孩子，身體更加虛弱。但是這位善良的母親深愛自己的孩子，米開朗基羅回到家中的時候，母親總是拉著他的手噓寒問暖，也總是讓他坐在身邊講故事給他聽，讓他感覺到母親的關愛，非常的溫暖。然而，母親終於不敵病魔，在米開朗基羅六歲的時候去世了。六歲的孩子失去了慈愛的母親，心裡憂傷，

好在石匠一家視他為親人，甚至為他準備了小小的鐵鎚和小小的鑿子，讓他遊戲在美麗的石頭之間。對於米開朗基羅來說，從一開始，這兩件東西就不是玩具，它們是一種工具，它們能夠將石頭裡的某種東西釋放出來，兒童時代的米開朗基羅每次揮舞小小的鐵鎚，都是認真的，小小的鑿子不在分割石頭，而在刻劃著什麼。這一切都讓石匠一家又喜又憂，不知道這樣的遊戲會把這個孩子帶往何處。

洛多維柯當然不覺得兒子在採石場裡玩石頭是什麼有出息的事情，他把米開朗基羅送進了學校。於是，米開朗基羅開始識字、學習文法。他對學校的興趣不大，在希臘文同拉丁文方面，只停留在一知半解的狀況。因此，終其一生，米開朗基羅用優雅的義大利文寫信、寫詩，一輩子熱愛但丁（Dante Alighieri），《神曲》始終是他的案頭書。

學校附近，常有畫家在戶外寫生，下了課，米開朗基羅靜靜地站在街角，看畫家們用一支支畫筆勾勒出優美的線條。很自然的，他把這些線條移轉到石頭上，於是，他在石

頭上的刻劃就有了內容，這樣的移轉工程每每給他帶來喜悅，也讓他確實地感覺到，學校的課程微不足道，但是學習繪畫卻是必須的。他用更多的時間同畫家們在一起，觀察他們怎樣布局、怎樣勾勒、怎樣用顏色來顯示明暗⋯⋯。他也常常到教堂去，看雕塑家們如何用雕塑來表達莊嚴肅穆。佛羅倫薩帶著果香的微風每每讓他沉醉在對美感的想望之中，忘記了時間。

　　米開朗基羅十歲的時候，父親續娶了一位年輕而能幹的婦人。家中有了女人主事，米開朗基羅告別了石匠一家，搬回了家中。繼母非常善良，溫柔地對待這個不苟言笑的少年。時間過了整整一年，在這一年裡，他不斷聽到父親和叔叔們的高談闊論，無非是怎樣地發財致富，怎樣地光宗耀祖，怎樣地要對得起自家的貴族姓氏。這一切都不是米開朗基羅嚮往的，他的心裡翻江倒海，他要告訴父親自己的想法，又要掂掂自己的分量，能不能承受雷霆萬鈞的風暴⋯⋯。

在街頭，米開朗基羅認識了大他六歲的葛拉納奇（Francesco Granacci）。那時候，葛拉納奇已經在大畫家吉蘭達約（Domenico Ghirlandaio）的畫室裡學畫，他一再勸說米開朗基羅也來這間畫室學畫，一再告訴他，「吉蘭達約是好人，也是好老師，跟著他，你絕對不會後悔」。米開朗基羅知道，偉大的多納泰羅（Donatello）有一位著名的學生韋羅基奧（Andrea del Verrocchio），而吉蘭達約正是韋羅基奧的得意門生之一。這樣的師生關係使得少年米開朗基羅有了許多聯想，多納泰羅是偉大的雕塑家，就是他，真正再現了古希臘雕塑藝術的風華。韋羅基奧的雕塑技藝同繪畫技藝得到老師真傳，當他的學生達文西（Leonardo da Vinci）在繪畫方面遠遠超過自己的時候，他不再畫畫，專心一志繼續雕塑創作……。如果自己能夠跟吉蘭達約學畫，也許能夠間接得到韋羅基奧，甚至多納泰羅在雕塑方面的真知。雕塑，那才是自己的理想所在啊。

　　一天，趁著家裡沒有旁人走動，米開朗基羅終於下定

決心跟父親開誠布公地表示，他要到吉蘭達約的畫室學習繪畫……。洛多維柯早有預感，這一場談話遲早會來，所以他不使用勸說的方法，而是直接地拒絕，他先是把「可惡的葛拉納奇」罵了一頓，然後他惡狠狠地表示，「繪畫是什麼？只不過是一種手藝，毫無高貴之處……。我要送你去深造，將來就是紅衣主教們也會跟你親切地打招呼……」

這種鄙視藝術的態度日後也沒有任何的改變，當米開朗基羅已經成為「名人」，為家庭賺進大把金錢的時候，洛多維柯也沒有對兒子的創作說過一句好話。

此時此刻，米開朗基羅面對著刁鑽、蠻橫的父親，他已經準備好承受一切，他堅定不移地表示，「我要學繪畫」。

洛多維柯氣惱地說，「我早就看出來了，魔鬼住在你的心裡，終於爬出來了……」

十一歲的少年寸步不讓，「我的心裡只有天主，賜給我生命，賜給我自由。」

洛多維柯的弟弟站在一旁，捲起了袖子。

當繼母返回家中的時候，她看到了一場暴打，少年被他的叔叔打得血肉模糊，像一綑爛布一樣倒在石地上……。繼母撲上前去，護住少年，這一場毒刑才勉強結束。

《臨摹喬托作品：傳道者約翰昇天》
Drawing after Giotto, The Ascension of John the Evangelist，1489

喬托的《傳道者約翰昇天》是佛羅倫薩聖十字大教堂佩魯奇禮拜堂一組壁畫中的一幅，是十三世紀末的作品，生動而傳神。兩百年後，十四歲的米開朗基羅在臨摹喬托作品的時候，沒有臨摹這幅畫雄壯的建築背景，而是臨摹了畫面左側的兩個次要人物。傳道者約翰昇天之際，光芒萬丈，一個人被那光芒照耀得睜不開眼睛，彎身掩面。另外一個人直立著，眼簾微闔，一手掩面，一手緊張地抓住衣裾。一動一靜。少年米開朗基羅的畫筆已然靈動地做出了表達。

　　整整兩天，繼母衣不解帶，照顧著垂死的少年，為他敷藥療傷。他毫無知覺，他在高燒和昏迷中。

　　待他醒轉過來，洛多維柯聽到妻子的歡呼聲走了過來，他看到米開朗基羅浮腫的臉龐上緊閉著的眼睛艱難地睜開了，眼中的火花灼痛了他。他退縮了，轉身離開，明白任何的艱難困苦都不會阻擋米開朗基羅，這個少年要走自己的路，世間已經沒有任何力量能夠阻擋他。

2

終於，米開朗基羅在十三歲的時候完全離開了學校，走進了吉蘭達約的畫室。

一般來說，在那個時代，學徒來到了畫室都會由家人同老師簽訂一個契約，食宿由老師負責，學徒無償地勞作，在勞作中學習技藝。當吉蘭達約看到少年米開朗基羅的時候，他沒有馬上同這個少年的父親簽約，這是一個與眾不同的孩子，他那麼嚴肅地站在自己的面前，眼睛裡有著同齡人很少有的憂鬱。吉蘭達約聽說過這個少年為了學習繪畫而遭到幾場暴打的事情。他看到這個孩子有一雙傷痕累累的手，那是鐵鎚同鑿子留下的痕跡。吉蘭達約溫和地讓少年在桌旁坐下，遞給他一張紙一支炭筆。看到紙同炭筆，米開朗基羅的表情柔和了，動筆畫了起來。強健的男人身體上面飄拂著

衣袍，衣袍無法遮掩這個軀體本身的強壯、美麗……。吉蘭達約驚訝地揚起了眉毛，仔細地收拾起這幅並沒有完成的草圖，把手放在米開朗基羅瘦削的肩膀上，把他介紹給畫室裡其他的人。他那時候已經知道，這個孩子將是他最偉大的學生。

深夜，吉蘭達約獨自一人坐在書桌旁，點亮蠟燭，將米開朗基羅的素描畫稿攤開，細細揣摩。十三歲孩子的即興之作，卻充滿了力量，充滿了美感……。此時此刻，米開朗基羅在整潔的床鋪上甜甜地睡了，他在睡夢中看到了多納泰羅大師，聽到了大師揮動鐵鎚琢磨石頭的噹噹聲，他在夢中笑了……。

一四八八年四月十六日，米開朗基羅在一份契約書上簽下了自己的名字，這是他生平第一份契約書，上面明確寫明，米開朗基羅將跟隨吉蘭達約學畫三年，食宿由畫室負責。米開朗基羅第一年可以得到六個佛羅林金幣（florins），第二年可以拿到八個金幣，第三年可以拿到十個金幣。在

十五世紀，每個佛羅林金幣含金量為三點五克，通用於整個歐洲。人們日常用度大約是十個索爾迪銀幣（soldi）。一個佛羅林金幣約合六十五到一百四十索爾迪銀幣。當年，梅迪奇銀行僱員的年薪是十四到五十個佛羅林。當洛多維柯聽說一位紅衣主教在造訪吉蘭達約畫室的時候稱讚了米開朗基羅的素描，便打定主意要吉蘭達約簽訂這樣一份不同凡響的契約。吉蘭達約毫不猶豫就同意了，他根本沒有興趣同狡猾的洛多維柯囉嗦。他心裡很清楚，多納泰羅已經幫不上忙了；韋羅基奧也幫不上忙了。但是，他自己卻可以切實地幫這個孩子的忙。在自己的保護之下，這個孩子最少可以穩定地自發自願地學習，為將來做準備。

師兄們向他傳授素描要點，人的臉部要分成三等分，頭髮和前額是一個部分，眼睛和鼻子是一個部分，嘴和下巴是第三個部分。男人的身高等於八個人頭的長度，男人兩臂平伸的長度同身高正好相等。女人的身體比例沒有定規……。米開朗基羅聽了，只是點點頭。

　　師兄們也教他製作畫筆，最好用白豬的鬃毛，需要一磅的豬鬃，最好從活豬身上拔取⋯⋯。米開朗基羅認真地點了點頭。

　　管家很親切地囑咐他，顏料的研磨是費工的事情，需要兩個小時以上的時間，配色的時候要特別小心，需要石墨黑，要用黑粉筆；需要煤黑，就要加一點綠色。米開朗基羅認真地聽了，謝過管家，仔細地研磨顏料。

　　管家知道吉蘭達約厚待這個孩子，也知道米開朗基羅對魚類特別有興趣，清早，他便帶著米開朗基羅到魚市場去。他為畫室購買食物的時候，米開朗基羅就很有興趣的看人們怎樣清理魚貨，他仔細地觀察魚的肌肉同骨骼的關係，隨手畫著草圖⋯⋯。

　　師兄葛拉納奇善待米開朗基羅，為他挑選了一把很好用的尖頭泥刀，告訴米開朗基羅怎樣用泥刀把牆面修平，怎樣為「溼壁畫」（fresco）準備塗料。他很鄭重地說，攪拌塗料盡量少用水，加了沙和大理石粉的灰泥塗料好像厚重的奶

油就是最好的狀態啦。因為要在牆壁上先粗粗地塗上一兩層塗料，然後在上面勾勒草圖，等到線條完全滲進塗料之後，再抹上細細的一層灰漿，不等它乾，就要動筆將這一部分的線條完全勾出來；顏料用清水潤溼，直接在「新鮮」的、潮溼的牆壁上作畫，動作要快！顏料同灰泥一道陰乾是最理想的啦。這樣子畫出來的溼壁畫堅固、清晰，可以好好地待在那裡好幾百年啊……。

　　米開朗基羅一邊認真地聽，一邊點著頭。他沒有想到，這一番傳授非常的重要，二十年以後，他得獨自一人來完成一幅巨大的溼壁畫，人類歷史上最偉大的一幅溼壁畫。

　　製作溼壁畫的機會很快就來了，吉蘭達約帶領著學徒們來到一座教堂，他特別跟米開朗基羅說，「這裡的人們都是虔誠的基督徒，你得讓畫裡的人物穿著衣服。」他的學生微笑著，未置可否。

　　唱詩班悠揚的歌聲在寒風中微微地抖顫著，懸在空中的腳手架上格外寒冷，潮溼的灰泥和顏料發出刺鼻的氣味，直

撲過來。米開朗基羅的手腳都凍傷了，他束緊腰帶，用舌頭舔了舔手上凍裂的傷口，咬緊牙關，動作極快地揮動畫筆。他巧妙地繞過了吉蘭達約草圖上的線條，一個偉岸、健壯、美麗的男性軀體出現在潮溼的牆壁上，米開朗基羅讓飄動著的小小衣襬作了一些遮掩。

師兄們看到米開朗基羅的「成果」大呼小叫起來，溼壁畫無法改動呀，牆壁已經快要乾了啊。吉蘭達約聽到喧鬧聲，背著手走過來，抬頭看著米開朗基羅的「傑作」，不動聲色。毫無疑問，整面牆上，最生動有趣的人物正是這個最年幼的學徒的筆觸。他沒有責備米開朗基羅，也沒有安撫鼓噪著的其他學徒們。他只是跟自己說，要快，要盡快地給這個孩子找一個真正合適的去處。

當時的佛羅倫薩實際上由一位偉大的梅迪奇家族成員統治著，他就是羅倫佐・德・梅迪奇（Lorenzo de Medici）。梅迪奇家族由於羊毛、絲綢、紡織品生意而積累了大量財富。富可敵國的梅迪奇家族也成為巨量藝術品的大收藏者。

羅倫佐從小就受到最完善的教育，人又非常的聰明機警，成年以後，依靠其政治手腕平息了許多政治上的紛爭，為佛羅倫薩迎來了一個繁榮昌盛的和平期，因此被人們稱為「偉大的羅倫佐」。這位大人物不但熱愛藝術而且懂得珍惜藝術家、詩人、學者。他決定在自家庭園裡請迪・喬凡尼來組織一個雕塑學校，庭園裡大量的希臘羅馬雕塑藝術品正好可以做為學生觀摩學習的對象……。羅倫佐親自來到了吉蘭達約畫室，請這位著名的畫家推薦他的兩位得意門生進入這個雕塑學校。吉蘭達約馬上推薦了米開朗基羅同葛拉納奇。吉蘭達約的心裡只有米開朗基羅，但他看到了葛拉納奇的善良，知道葛拉納奇會善待這個天才少年，所以他慨然推薦了這樣兩個學生一道進入梅迪奇的保護圈。

如此這般，米開朗基羅在吉蘭達約畫室停留了不到一年，就進入了一個美麗新世界。能夠這樣近距離地面對、觸摸古希臘雕塑，對於米開朗基羅來說，實在是太幸福的事情。除了完成老師迪・喬凡尼交下來的功課之外，米開朗

基羅提著鐵鎚和鑿子在石塊中遊走，希望找到一塊能夠吸引自己來動手的石頭。在幾尊希臘羅馬雕塑之間，有一塊石頭，比米開朗基羅的身高稍矮，呈現出溫潤的、淡淡的米黃色，天然地有了「年齡」。少年高興極了，鎚子敲擊石頭的噹噹聲在庭園深處響起……。羅倫佐正好同迪‧喬凡尼在討論什麼事情，聽到聲音，迪‧喬凡尼皺起了眉頭，「一定是米開朗基羅，這個不安分的孩子……」。羅倫佐微笑著，把手指放在唇上，示意老友噤聲，兩人悄悄移動，在一尊巨大的雕像身後藏起來，向著噹噹聲響起的地方窺探著。

鑿子迅速地移動，碎石、粉塵飛濺，一縷縷的鬈髮有了輪廓。米開朗基羅全神貫注。忽然，他呆住了，停止了動作，透過石塊的稜角，他「看到了」一雙大睜著的眼睛，茫然地瞪視著自己。他喃喃出聲，邱比特，我的邱比特。他輕輕地放下鐵鎚和鑿子，拿起原本放在腳邊的素描簿子和炭筆，信手快速畫去，邱比特彎弓搭箭的形象在紙上栩栩如生……，召喚著他再次舉起鐵鎚……。羅倫佐同迪‧喬凡尼相視一

笑，輕手輕腳離開，把沉醉於創作中的米開朗基羅留在當地。

不久，羅倫佐的朋友們同他一道來到這座庭園的深處，有人發現了這座邱比特雕像，便問，「天吶，您的古希臘雕塑藝術品裡又增加了一位這麼生動的愛神，可喜可賀啊！」羅倫佐高興地笑了，未置一詞。遠處，米開朗基羅的老師迪‧喬凡尼也靜靜地笑了。

米開朗基羅正在忙，忙著對付一塊「有瑕疵」的石頭。老師給他出了難題，要他用這塊石頭浮雕出聖母與聖嬰。通常，聖母同聖嬰都會以正面示人，最多，是半側面的。這塊石頭不大，色澤非常美麗，石紋也非常細膩，卻有疤痕，有空洞，而且集中在石頭中部，聖母無法採用正面……，怎麼安排都躲不開這幾個疤痕。米開朗基羅一邊照著老師的教導用熱蠟靈活地塑像，一邊緊張地想著要怎麼樣把這塊石頭的美好表達出來，而避開瑕疵。塑像在手裡轉動著，聖母美麗的側面出現了。米開朗基羅看到了一種可能，馬上放下塑像

迅速地在紙上移動炭筆，聖母端莊、肅穆，眼睛流露歡欣與好奇。聖子撲到了母親懷裡，聖母身後是愉快的施洗者約翰……。聖母面前有兩個小天使在快樂地嬉戲，為了托住小天使的腳，一條橫線自然被畫出，米開朗基羅屏住呼吸，近大遠小，層層階梯出現。空洞被避開了，疤痕被巧妙地利用了。米開朗基羅興奮地揮起鐵鎚，小心地敲了下去……。

梅迪奇家族的收藏美輪美奐，梅迪奇的宮殿富麗堂皇。這一切都沒有引發少年米開朗基羅太濃郁的興趣，他最歡喜

《梯邊聖母》
Madonna of the Stairs，1490

這件大理石浮雕是米開朗基羅十五歲時的作品，其技法之細膩已然令人嘆為觀止。數百年來，收藏家同評論界都認為這件作品精確地傳達了前輩大師多納泰羅的美學觀念。當年的佛羅倫薩統治者羅倫佐‧梅迪奇更因為這幅作品而將少年藝術家迎入宮中，待為上賓。

《半人馬之戰》
Battle of Centaurs and the
Lapithae，1492

希臘神話中，半人馬來到拉比泰國王的婚宴上，酒後亂性竟然妄圖搶走新娘，同奮起反抗的拉比泰人大戰。米開朗基羅以此題材創作出第一件完全屬於自己風格的大理石浮雕，生動展現仇恨引發的瘋狂廝殺，糾結成一團的人體逼真、直率，充滿力量。這件作品完成的時候，米開朗基羅只有十七歲。

的是在羅倫佐的餐桌上聽到更多的重要人物的談話，他靜靜地坐著，美酒佳餚也未曾打動他，他食不知味地吃著，果腹而已。他全神貫注地傾聽著，觀察著，學習著。然後，他回到老師喬凡尼身邊，回到學徒們中間。老師那一方沒有任何改變，對他依然是鼓勵有加。但是師兄們當中有些人已經因為嫉妒而想要找他的麻煩了。一天，一個高大英俊的師兄站在米開朗基羅身側，不斷用畫板來碰觸他的手臂。米開朗基羅不知有詐，繼續作畫，只是不耐煩地提醒師兄，「你的畫板碰到我了。」他一開口，師兄便找到了藉口挑釁，米開朗

基羅這才明白師兄不懷好意，於是義正嚴詞地表達了他的不滿。他依然對情勢估計不足，師兄是準備肇事的，他只覺得臉上挨了一記重拳，鼻梁好像被炸開了，眼前金星飛舞終至一片漆黑，他倒了下去，人事不知。

禍闖得太大了，師兄迅速逃走，羅倫佐派出騎兵追捕，也沒有把他逮到。

米開朗基羅終於從昏迷中清醒過來，臉上的傷口已經不再流血，他慢慢地站起身來，惦記著自己正在創作的浮雕作品《半人馬之戰》蹣跚著腳步向臥室門外走去，他看到了鏡子裡的自己，驚嚇得呆住了，被打斷的鼻梁醜陋地改變了米開朗基羅的容貌！他痛苦地覺察到，他將永遠地帶著這樣一張臉行走在人間。此時此刻，他了解到他的才華在被賞識的同時會帶來怎樣的妒嫉與仇恨。被打斷的鼻梁再一次痛苦地抽搐、再一次扭曲了這張年輕的臉。米開朗基羅握緊手裡的鐵鎚和鑿子，向庭園深處走去，走向他的工作檯。

老師喬凡尼自己已經病病歪歪，但是他關心著受了傷的

米開朗基羅，關心著自己在晚年得到的這個偉大的學生，他跟在米開朗基羅身後，靜靜站著，注視著學生的動作。希臘神話裡的半人馬（centaurs）暴躁、凶狠，與希臘人廝殺起來招招落在實處，米開朗基羅全神貫注在創作中，完全沒有覺察到老師就在身後靠著一棵樹的支撐，眼睜睜地看著自己心愛的學生正在超越前輩大師多納泰羅，正在用鑿子走出他自己的路。善良的喬凡尼心痛萬分地想著，你才十六歲啊，我的孩子，你已經拋棄了多納泰羅的細膩、含蓄、典雅，如此赤裸裸地表現瘋狂廝殺的場景，不管是人還是怪物、不管是男還是女，個個目露凶光，手起拳落、你死我活。但是，他們簡直是活生生的啊，活生生的人間世……。

　　老師不久於人世，臨終之前，他也沒有告訴學生他的憂慮，他已經預見到米開朗基羅將走上一條荊棘叢生的路。這個孩子將有極為悲慘的人生，因為他是不世出的天才，而且，他已經走得太遠太遠了……。

3

　尊敬的、親切的老師與世長辭，自己的庇護者羅倫佐到四英里外的別墅養病，梅迪奇家族的事務由羅倫佐的兒子掌管，其子並無乃父之風，更沒有父親的智慧，無知而傲慢。

　米開朗基羅離開了梅迪奇宮回到自己的家裡，忍受著貧窮、吵鬧、擁擠與無聊。

　他常常到附近的聖斯庇瑞托教會（Santo Spirito）醫院去，教堂住持尼古拉・畢奇伊利尼（Niccolà di Lapo Bichiellini）神父善待這個憂鬱的少年人，總是親切地為他打開圖書室的門，甚至允許他借書回家。圖書室在長長的走廊的一角，另外一角則是醫院的停屍間，停屍間的隔壁便是一道邊門，屍體在停靈之後從那道邊門前往墓地。米開朗基羅的時代是不允許解剖屍體的，認為是對死者的大不敬，是有

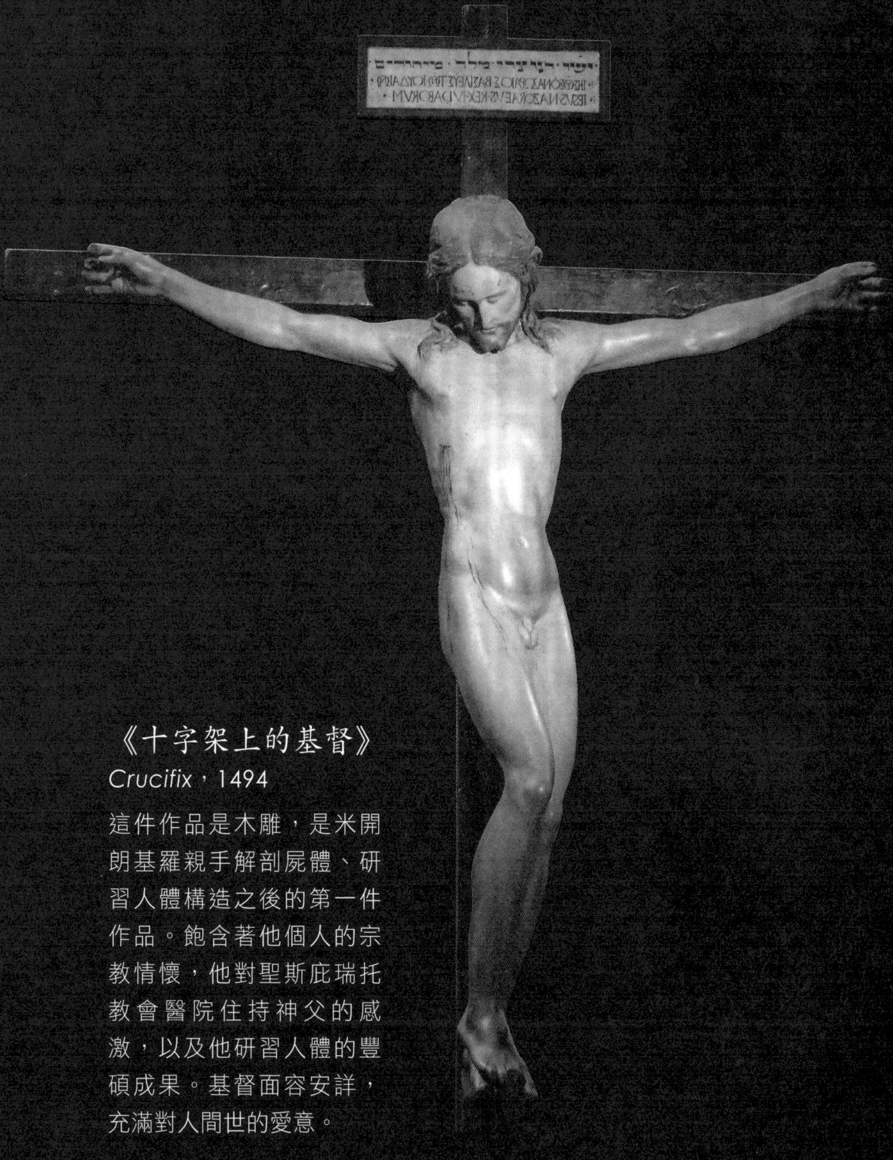

《十字架上的基督》
Crucifix，1494

這件作品是木雕，是米開
朗基羅親手解剖屍體、研
習人體構造之後的第一件
作品。飽含著他個人的宗
教情懷，他對聖斯庇瑞托
教會醫院住持神父的感
激，以及他研習人體的豐
碩成果。基督面容安詳，
充滿對人間世的愛意。

罪的；只有醫生在嚴格的監督下才能做這件事，而且一年一次，絕對不可以隨意進行。因此，即便是醫學書籍，對於骨骼與肌肉的關係、對於骨骼與關節的連結、對於肌肉纖維的具體樣貌都沒有確切的描述。看到米開朗基羅眉頭深鎖地對著醫書發呆，畢奇伊利尼神父心中有數，他在四周無人的時候把一枚銅鑰匙留在了米開朗基羅伏案讀書的閱讀桌上。

月黑風高、伸手不見五指的深夜，披著長斗篷的米開朗基羅悄然閃進教會醫院的邊門，用那把黃銅鑰匙打開狹小的停屍間，將門緊緊關好，點亮手中的蠟燭，揭開屍體穿著的壽衣，準確地使用解剖刀，細心地進行他的功課⋯⋯。

沒有人發現，只有慈愛的繼母在為米開朗基羅洗衣服的時候，發現這個一向滴酒不沾的孩子衣服上滿是酒味，她憂心忡忡，用擔心的眼神凝視著孩子。米開朗基羅在她的注視下先是低下頭去，然後抬起頭來給繼母一個溫暖的微笑。繼母一言不發，將洗乾淨、飄著陽光和肥皂香氛的衣服交給米開朗基羅。父親洛多維柯在一個早上從米開朗基羅的枕邊看

到一些畫稿，全是手骨、膝蓋骨，沒有肌肉，他覺得莫名其妙，丟在了一邊。

　　烈酒能夠勉強掩蓋惡濁的屍臭，但是不能澆熄米開朗基羅內心的罪惡之感。有一天，在圖書室裡，面對慈祥的神父，米開朗基羅很誠懇地詢問自己能為聖斯庇瑞托教會做些什麼？神父微笑著給了他一塊堅硬、精緻的胡桃木，跟他說，請他雕刻一座基督像，十字架上的基督像，這件作品將要懸掛在教堂祭壇的正中央。木雕並非石雕，不是米開朗基羅擅長的，但是，他毫不猶豫地接受了這塊上好的木料，以他親手解剖所得到的知識，創作了這個精緻的基督像，不但人體的肌肉骨骼精準無比，而且基督的面容很像慈愛的神父本人。米開朗基羅用這件作品表達了他對神父無限的敬意與謝意，不能說出口的千言萬語都凝注在這件作品裡。作品完成之日，畢奇伊利尼神父細細端詳基督「似曾相識」的面容，心領神會，微笑不語。

　　談到宗教，我們不能夠不談到在米開朗基羅出生之年成

為道明會修士，並且進入波隆那聖多米尼克修道院的修士薩佛納羅拉（Girolamo Savonarola）。

在少年米開朗基羅所接受的哲學體系裡，希臘哲學晚期，西元三世紀在埃及的亞歷山大城發展出來的新柏拉圖主義（Neo-Platonism）對他有著極大的吸引力。新柏拉圖主義推崇希臘美學，同時堅定不移地認為人的靈魂才能真正接近神明，得到神的啟示。米開朗基羅從小熱愛石頭，深切感受每一塊石頭禁錮著一個靈魂，當他揮動鐵鎚和鑿子的時候，他在做的事情正是去除禁錮，將那個靈魂釋放出來，讓他自由飛翔……。新柏拉圖主義又堅持認為，靈魂需要淨化，需要遠離世俗物質的誘惑。這樣的觀念不只是停留在書本裡，在一四九〇年，由一個人的口中直接地說了出來，這個人就是薩佛納羅拉。這一年，他來到佛羅倫薩傳教，並且在一四九四年成為佛羅倫薩的精神領袖。他強烈反對人類對「享樂」的追求，強烈反對文藝復興帶來的美好，帶人搜羅一切「沒有必要的奢侈品」以及「反宗教」的書籍，把它們

一把火燒掉。薩佛納羅拉強烈反對一四九二年登基的教皇亞歷山大六世（Pope Alexander VI）和佛羅倫薩的實際統治者梅迪奇家族，並且預言戰爭的爆發和梅迪奇家族的衰落。少年米開朗基羅大睜著雙眼聽著如此極端的布道。當時他正在梅迪奇的家園裡接觸希臘羅馬藝術的千般美好，羅倫佐又是這樣照顧著米開朗基羅。但是，貧富不均的現實世界又讓米開朗基羅感覺薩佛納羅拉的堅持有著某種道理在。米開朗基羅陷入深沉的矛盾心情中。

一四九二年，睿智的羅倫佐去世，一四九四年法王查理八世（Charles VIII）入侵，「義大利戰爭」爆發，薩佛納羅拉竟然視法國入侵的行為是「上帝之鞭」，用以懲罰冥頑不靈的義大利，於是開城迎敵。梅迪奇家族被推翻，佛羅倫薩陷入混亂。

一四九四年初，大雪之後，羅倫佐的後人異想天開請米開朗基羅用白雪塑造一個雕像，米開朗基羅回到梅迪奇宮，很快察覺梅迪奇家族已經完全不是原來的樣子，心懷警戒。

未等戰爭打響，米開朗基羅已經逃離佛羅倫薩，先抵達威尼斯，之後又抵達波隆納，接受邀約，為波隆納聖多米尼克教堂的聖多米尼克陵寢創作雕像。很快，教皇亞歷山大六世領軍粉碎了法王查理八世的入侵。

米開朗基羅在一四九五年回到了佛羅倫薩，執政者薩佛納羅拉並沒有任何意願請米開朗基羅進行創作，反而是重新崛起的梅迪奇家族請米開朗基羅製作將要送到羅馬去的一件雕塑《沉睡的邱比特》。古羅馬有極負盛名的愛神邱比特的大理石塑像，邱比特攤手攤腳極其舒暢地躺在一頭巨獸的背上，正在甜睡，臉上的表情寧靜而喜悅。現在，梅迪奇家人找到一塊巨大的石頭，充滿華麗的色澤，彷彿已經「上了年紀」。這塊巨石吸引了米開朗基羅的全部注意力，再說，利用古羅馬題材來創作藝術品是多麼有趣的挑戰啊，他決心要給這個古老的題材一些新意，於是全身心地投入了創作中，完全忽略了周遭的一切。

二十歲出頭的青年藝術家沒有想到，梅迪奇的族人打

著如意算盤，想用這樣一件作品來充當古羅馬作品，賣給羅馬的一位樞機主教拉法洛 · 里阿里奧（Raffaele Riario）。他們甚至有一位中間人負責穿針引線。作品完成，中間人將作品送往羅馬，花言巧語一番，從樞機主教手裡拿到了不少的錢，他回到佛羅倫薩，只將酬金的一小半付給了梅迪奇家族，米開朗基羅得到的就更少了。

里阿里奧是一位眼光銳利的鑑賞家，他見過古羅馬這個題材的雕塑品，他熟悉睡夢中邱比特臉上無憂無慮的甜美表情。中間人喜孜孜拿著錢走開的時候，並沒有意識到樞機主教已經看出了端倪，但是他不想打草驚蛇，因為他感覺到，一位天才藝術家就在離自己不遠的地方。廳堂裡再沒有外人，里阿里奧背著手，繞著邱比特的雕像緩緩地轉著圈，仔細地審視著每一個細節。邱比特不但沒有攤手攤腳，而是用右臂環繞著巨獸，且心事重重，祂垂下眼簾睡著，並非甜睡。這是藝術家自己心目中的愛神，絕非出自千年以前的大師之手……。但是，整件作品出色至極，完美無瑕！里阿里奧終

於在滿室寂靜中發出指令，要下面的人不要聲張，暗中細心查訪創作這件作品的藝術家是何許人也。

佛羅倫薩的線民很快回報，這件作品的創作者是米開朗基羅，二十歲的年輕人。樞機主教秉燭夜書，請米開朗基羅

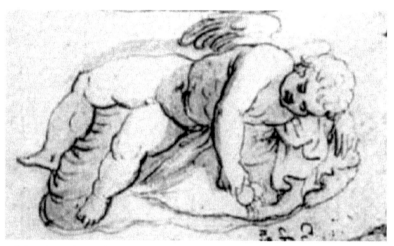

《米開朗基羅的邱比特》
Michelangelo's Cupid，1495

當米開朗基羅創造這件作品的時候，它叫做《沉睡的邱比特》，是青年藝術家運用古羅馬題材創造的藝術品。藝術家將自己的憂慮、自己的心事賦予邱比特以全然不同於古羅馬作品的表情與姿態，展現了米開朗基羅獨特的風格。這件作品曾經收藏於英國國王自1530到1698年的主要居所倫敦白廳宮，這座宮殿曾是歐洲最大的宮廷建築，擁有1500個房間。1698年的大火燬了這座宮殿及其珍藏的藝術品。現在我們所看到的以素描之筆勾勒出的這座雕像就叫做《米開朗基羅的邱比特》。

來羅馬，他有重要的工作要託付給這位新銳藝術家。米開朗

基羅收到信，完全不知道，是《沉睡的邱比特》為他開啟了

通往羅馬的大門，他更無從想像，他將同羅馬教廷維繫長達

七十年的恩怨糾葛。

4

　大城羅馬，米開朗基羅初次來到了這裡，出現在樞機主教拉法洛 · 里阿里奧的面前。他沒有看到自己創作的邱比特，因此心裡有點忐忑不安。樞機主教心如明鏡，完全不談梅迪奇家族以及中間人的種種伎倆，只是表示他希望得到一尊雕像，真人大小的古羅馬酒神巴克斯（Bacchus）。樞機主教並沒有說出他對這尊雕像具體的期待，而是給了米開朗基羅自由發揮其才情的機會。米開朗基羅銜命而去，開始構思，繪製草圖。

　正在這個時候，家鄉傳來了消息，洛多維柯在信中悲傷地告訴兒子，繼母去世了。米開朗基羅又一次失去母親，又一次失去一位始終愛護自己的女性。少年米開朗基羅遭到長輩毒打的時候，是繼母用身體護住他，是繼母一次次把他

從死亡線上拉回來。而且，這位女性始終保守著米開朗基羅巨大的祕密，從未吐口，只用眼神表達著她的憂慮……。他想到了那些沾滿屍臭的衣服，想到他用烈酒來遮掩屍臭的日子，那些在深夜裡進行的不可告人的解剖研究。他能夠想像，繼母為他擔著怎樣沉重的心事……。

就在這樣傷痛的心情中，米開朗基羅逐漸地完成了羅馬酒神巴克斯的構圖。直立著的巴克斯沒有傳說中壯碩的身材，而是健康、消瘦的，有點像米開朗基羅自己；傳說中從未喝醉過的酒神在這裡是醉意盎然的，眼神迷茫，顯然是喝高了。一向臉蛋紅潤笑口常開的酒神在米開朗基羅筆下有些猶疑不決，有些顛三倒四。多年來悄悄進行的解剖研究帶給米開朗基羅的成就感和罪惡感交纏不清，在這張草圖裡被清晰地表現了出來。

有了構想，米開朗基羅來到了採石場，東張西望，尋找一塊合適的石頭。

「嗨！小夥子，你不要命了嗎？」米開朗基羅尚未意識

到這是有人在跟自己說話，就被什麼人從身後猛推了一把，撲向前去，跌倒在碎石堆中，緊跟著，一塊大石落在了他剛剛站立的地方，一位石匠站在那塊大石旁邊，石頭比他高出半尺有餘，他臉上帶著微笑，看著被他推離險境的年輕人。

米開朗基羅站起身來，向石匠躬身行禮。石匠拍拍他的肩膀，「在採石場眼睛不能緊盯著石頭，要注意著四方八面，這裡是非常危險的地方，隨時有石頭落下來……」米開朗基羅感激地微笑著，眼睛卻沒有離開剛剛落下的那塊大石頭，石頭不是很白，不是很有光澤，卻有著一些淡淡的朦朧的琥珀色。他緊張地注視著這塊石頭，看著酒神端著酒杯的形體從石頭裡浮現出來……。他問石匠，「這塊石頭是您需要的嗎？」石匠微笑，「噢，我需要的石頭是上面那一塊……」，他指一指高處的岩石，雪白的大理石上有著美麗的灰色浮雲，那是極為高雅的建築材料。米開朗基羅開心地笑了，向石匠請教，如何在人生地不熟的羅馬將這塊石頭運到樞機主教的庭院裡。石匠很高興地呼朋喚友幫他雇了一輛有十八頭

牛的大車，大家同心合力將石頭放到了車上，車子便轟隆隆地駛過高低不平的街道，向目的地進發。這塊石頭終於穩穩當當地站立在庭院當中的石板地上。

夏日美麗的夕陽將一層輝煌灑在石頭上，米開朗基羅站在樹下，面對石頭，一動不動，目不轉睛。在敞開的窗前，樞機主教靜靜地看著米開朗基羅和他面前的石頭，主教看到了年輕人身上被石頭刮爛了的衣衫，看到他血跡斑斑的膝蓋和肩膀，召喚管家為這年輕人準備房間、熱水、衣服被褥以及晚餐，「他年輕，幹的是力氣活，要給他足夠的食物。」主教這樣吩咐。

雕刻的工程展開了，米開朗基羅直接地按照草圖將酒神正面的輪廓勾畫到大理石上，然後揮動鐵鎚和鑿子，將大理石一層層地剝除，讓形體自然地從大理石的禁錮中浮現出來。他覺得嘴脣冷冰冰，手中的鎚子不自然地抖動，這才知道自己是餓了，便咬幾口麵包，喝幾口冷水。只有在鑿子被磨損得太厲害的時候他才回到鐵匠鋪去，親手鍛造他需要的

兩個齒到八個齒的鑿子。工具得到補充，他馬上回到庭院裡，鑿石頭的噹噹聲從清晨響到夜深。主教注意到，米開朗基羅在工作中完全不喜歡交談，他全神貫注，眼睛不離他心愛的石頭。而且，他也不要人們注意到他的工作，那怕離開片刻，也要用一塊厚厚的棉布將正在被雕刻的石頭蓋好，用碎石壓住邊角。主教明白，米開朗基羅將要展示的是已經完成的作品，在完成的過程裡，他絕對不喜歡被打擾，更不喜歡別人指手畫腳、說三道四。主教有十二分的耐心，等待著輝煌的結果。

羅馬的冬天不是容易度過的，作品接近完成，米開朗基羅幾乎是寸步不離地守護著他的作品，夜間，他把鐵匠鋪的爐子搬到庭院裡，一邊捶打工具，一邊烤著火。當爐火只剩暗紅色灰燼的時候，他蜷縮在鐵爐邊，倦極而眠。主教從讀書室的窗戶看著窗外飄飛著的雪花，招呼管家送一床厚毯子給米開朗基羅。主教親眼看著管家將毯子把米開朗基羅包裹起來，這才搖著頭，走回寢室。管家發現，米開朗基羅在睡

夢中用自己的身體壓住了遮蓋《酒神》的棉布，他的手裡甚至緊緊地抓住一塊碎石，似乎隨時準備擊退任何對作品的侵犯。管家從未見過任何藝術家是這樣的情狀，不禁對這年輕人生出敬意。

冬末，早春的綠意已經在樹梢上閃亮。作品完成了，米開朗基羅心中湧起了不捨，他很可能再也見不到酒神了，主教的宅邸不是他可以隨便走進來的。

樞機主教里阿里奧是大收藏家，交遊廣闊，他請了一些好朋友前來共同欣賞這尊酒神雕像。在早春明麗的陽光下，雕像展露出了驚人的古希臘風格。在一片熱烈的讚嘆中，主教看到心懷複雜情感的巴克斯步履踉蹌，重心似乎完全落在左腿上。支撐整座雕像的是坐在樹樁上，長著羊腿的小牧神，看到酒神無暇他顧，正歡天喜地偷吃葡萄。酒神複雜的心緒同小牧神的天真爛漫形成的強烈對比，讓主教滿懷期待的眼神凝固了起來。周圍朋友們感覺氣氛不對也就都安靜了下來。事實上，主教看到了一些他的朋友們沒有看到或是沒

有說出來的東西，主教在酒神身上看到了一些屬於女人的素質、細膩、纖巧、含蓄。雕像很美，卻不是他能夠接受的。於是，他只是向米開朗基羅微笑點頭，便率領著眾人向室內走去。米開朗基羅呆立在原地不知如何是好。

熟悉主教處事方式的銀行家雅各布・加里（Jacopo Galli）走在最後，他一直走到米開朗基羅面前，真誠地跟年輕人說，「我還不能完全領略這件作品，但我非常喜歡，我會買下，並且安置在我的花園裡。您隨時可以來，我們會成為朋友……」

當樞機主教同朋友們道別的時候，庭院裡早已恢復舊觀，雕像同它的創作者都已經毫無聲息地離開了，主教頓時輕鬆下來，熱誠地同朋友們說著輕鬆的話題……。

由於銀行家加里的熱情挽留，米開朗基羅不但沒有離開羅馬，而且，他接受了另外一件委託。這件委託來自法國駐羅馬聖座的紅衣主教讓・德・拉格瑞拉斯（Jean Bilhères de Lagraulas）。紅衣主教從加里那裡得知米開朗基羅，主

教也從《酒神巴克斯》看到了更多的悲憫情懷。主教年紀大

了，身體又不好，長久以來很想敬獻一件禮物給羅馬教廷卻

無從著手，現在米開朗基羅出現了，便

有了機會。主教很誠懇地請年

輕的藝術家創作一件大理石雕

刻《聖殤》Pietà，表達當耶穌從

十字架上被解救下來之後，聖母

同聖子在一起的情景，這件作品將

是巨大的，將永遠地留在梵諦岡。主

《酒神巴克斯》
Bacchus，1497

秉承了古希臘雕塑藝術的偉大傳統，年輕的
米開朗基羅卻在他生平第一件裸體大理石雕
像裡揉進了更為複雜的藝術理念，他從石塊
中釋放出酒神巴克斯痛苦的靈魂，賦予巴克
斯脣邊的微笑更多的內容。人，無分男女，
在藝術創作中才能夠得到更為合理的表現。
米開朗基羅的這座雕像在經歷了一些歲月之
後，才得到評論界更多的理解與讚美。

教親切、和顏悅色的邀約，以及主教的信任與理解鼓舞了年輕的米開朗基羅，他珍惜這個非常難得的機會，馬上奔赴著名的卡拉拉（Carrara）採石場尋找最合用的美麗石材。無數的構想來到腦際，米開朗基羅興奮著也焦慮著，全身心投入設計。

忙了一整天的臺伯河碼頭終於安靜下來了，只剩下嘩嘩的流水聲拍擊著栓在碼頭的船隻。從小巷裡走出來一個瘦削的年輕人，衣衫單薄，在寒風裡瑟縮起肩膀，傷痕累累的雙手環抱在胸前。他步上碼頭，長時間地站在那裡，站在寒冷的河風中，想著他將要進行的創作。戴拉‧揆西亞（Jacopo della Quercia）英雄式的偉岸雕刻風格，甚至影響到一代宗師多納泰羅。米開朗基羅的眼前不斷浮現出這兩位前輩為他留下的豐沛遺產。英雄、偉岸？他的眼前也晃過年輕的馬薩契奧（Masaccio）的溼壁畫《聖三位一體》Holy Trinity，聖母的面容憂戚，眼神裡飽含著恐懼……。

米開朗基羅感覺到冷了，他開始踱步，半個月亮在河水

上投下清輝。河水顯出了她的寬厚、溫柔、沉穩。隱隱然，心底深處有一種被觸動的感覺。他緊緊地抓住了這個感覺，急急地奔回住所，雙手抓起軟硬合用的泥團，迅速地揉捏著，留住了那份深沉的感動。

當巨大的泥塑在他的寒窯裡聳立起來的時候，米開朗基羅咬著堅硬如石的麵包，信心十足地笑了。他知道，這件作品將如同感動自己一樣感動著所有看到它的人。

隨著噹噹的敲擊石頭的聲音不間斷地響起，聖母聖子的形象從大理石中復甦了。年輕美麗的聖母低垂著雙目、強有力的右臂微微托起膝上遍體鱗傷的聖子。左手優雅地平伸，似乎在問，為什麼？

人間最沉痛的悲劇莫過於母親親見愛子遭受殘酷的毒刑折磨至死。聖母的聖潔、堅毅以及無邊無涯的愛成為整座雕像的主旋律。受盡折磨的聖子雖然全身無力，面容卻是美麗而平靜的。

早春天氣，自覺將不久於人世的法國紅衣主教拉格瑞

拉斯希望能夠親眼看一看即將完工的《聖殤》。這也是唯一的一次，主教大人親眼看到他心目中的大師在如此陰暗、潮溼、寒冷、簡陋的場地裡三餐不繼地完成一件精美絕倫的藝術品。他被聖母聖子的平靜感動，他被將這整個陋室照亮的大愛感動，也被藝術家的堅忍不拔感動，一時說不出話來。米開朗基羅卻從主教的表情讀懂了他的心語，安慰他說，「童貞女瑪麗亞與窗外的陽光永遠在一起，會照亮世界上任何陰暗的角落……，聖子在母親懷中沉睡，祂的靈魂已經飄飛到天上，窗外的霞光是祂對您親切的問候……」。主教非常欣慰，他知道，米開朗基羅幫助他達成了心願，現在他可以放心地離開塵世了。

不久，米開朗基羅同銀行家加里一道參加了主教的葬禮。其時，《聖殤》尚未完工，米開朗基羅還在進行最後的琢磨。走在告別的行列裡，二十三歲的米開朗基羅深深感謝著這位紅衣主教的知遇之恩，在主教與他簽定的合同上，他第一次被人稱為「大師」。

《梵諦岡聖殤》

The Rome Pietà，1498

在米開朗基羅漫長的藝術生涯中，以聖殤為題材的大理石雕刻作品有三件，
《梵諦岡聖殤》是第一件。這件作品以莊嚴、肅穆、優雅的格調表達最為深
沉的哀慟。聖母與橫陳於膝上的聖子形成最為堅定的三角形，傳遞出巨大的
精神力量。整座圓雕所散發出的大愛感動了並繼續感動著世人。米開朗基羅
完成這件作品的時候只有二十三歲。這件作品也是大師終其一生唯一一件簽
署了名字的作品。

　　所有的細節都令人滿意，連雕像的背部都用天鵝絨細細地摩拭過了。米開朗基羅同幾位壯漢一道將這被細心包裹好的沉重的雕像平穩地放在車上，一路盡可能小心地保持平衡，順利地抵達梵蒂岡聖彼得大教堂（St. Peter's, Rome），放進一個聖龕裡。

　　此時，保護雕像的厚棉布卸了下來，壯漢們不約而同單膝跪地，在胸前劃了十字，有人的眼中已經湧出了淚水。一位壯漢怯怯地問，他能不能碰一下聖母的手指，米開朗基羅微笑著答應了他，他顫巍巍地伸出食指輕輕碰觸到聖母的食指，激動得滿臉通紅。他們都謝絕了酬勞，都說聖母的護佑比任何酬勞都珍貴……。

　　米開朗基羅每天都到聖彼得大教堂來，這裡擁擠不堪，他聽到了無數的歡喜讚嘆。

　　「聖母多麼年輕啊，這麼美的圓雕只有 XXX 做得出來！」

　　「基督看起來可是蒼老得多了……」

「別傻了，把你掛在十字架上半天，看看你會變成什麼樣子……」

「你們看，基督的臉還是那麼祥和。你們看那些衣服的褶皺，實在是美極了，一定是 XXX 的手筆，毫無疑問！」

是的，人們都認為《聖殤》是某幾位著名大師的作品，沒有人提到米開朗基羅。

深夜，米開朗基羅來到教堂，來到他的作品前，在聖母胸前的飄帶上篆刻了一行字，「佛羅倫薩的米開朗基羅‧柏納瑞蒂作」。

羅馬教廷倍覺榮耀，宣召米開朗基羅，一位教堂執事興沖沖奔到米開朗基羅的住處，撲了空。房東便向來人熱情指點了銀行家加里的宅第。

管家匆匆來報，說是教廷派了人來尋找米開朗基羅。

加里氣定神閒從賬簿上抬起頭來，凝視著來人。教堂執事很客氣地表示，「冒昧打擾，只是遵命來找那個年輕的石匠……」

　　加里皺起眉頭，「什麼石匠？」

　　教堂執事開始出汗，「就是那位做了《聖殤》的年輕人……」

　　加里沉默片刻，一字一頓地反問，「你是說，梵諦岡有事要請教雕塑大師米開朗基羅嗎？」

　　教堂執事大汗淋漓、語無倫次，「是的，不知大師是不是能夠撥冗……」

　　加里微笑，「我的朋友已經回到他的故鄉佛羅倫薩去了，在那裡，一塊巨石正在等待他。」

　　教堂執事急忙奔回梵諦岡覆命，一路念叨著他不太熟悉的詞彙，「雕塑大師」。

銀行家加里的話沒有錯，在米開朗基羅出生之前就被棄置在佛羅倫薩大教堂堆石場的一塊巨大的石頭一直在傳說裡飄盪，引發著米開朗基羅的想像。但是，這只是他離開羅馬的一個原因。

　　在加里的幫助下，《梵諦岡聖殤》為米開朗基羅贏得了財富。這些用智慧、才華、汗水贏得的財富源源不絕地流向佛羅倫薩，父親洛多維柯並沒有因為這些金錢而對米開朗基羅的創造性勞動表達絲毫的理解，兩個弟弟只知揮霍不事生產，於是米開朗基羅心不甘情不願地擔負起「家庭」所需。為了這個理由，他離開了羅馬來到托斯卡尼的席也納（Siena），接受教堂委託製作一些雕像，賺取報酬……。

　　好在時間不長，佛羅倫薩的好消息終於來了。

　　「這是什麼？這就是你們要我看的那塊石頭嗎？」米開朗基羅跟著佛羅倫薩教堂公會的執事來到了一個古怪的地方，亂石以及各種廢物堆砌成一個難以辨識的、廢棄了不知多少年的場所。大教堂的執事們紛紛表示，很多很多年以前開採了這塊巨大的岩石，據說本來是很想請藝術家雕刻一座「巨大的男子」雕像豎立在教堂廣場上，象徵佛羅倫薩英雄的精神。但是很可能因為石頭實在是太大、太沉重了，結果完全沒有希望，於是就留在了堆石場裡。積年累月，上面的石頭越堆越多，這塊大石頭就看不清楚了。「現在，您能不能來試一試呢？」眾人眼巴巴地望著米開朗基羅。米開朗基羅眉頭緊鎖，要求他們把亂七八糟的東西清掉。他心痛著這塊幾乎被遺棄的石頭，用手觸摸著大石露出來的邊邊角角，心裡煩躁。

　　終於有一天，人們來報，大石的上面已經清乾淨了。那是一塊上好的石材，通體雪白，有些地方甚至有些透明。米開朗基羅用粗糙的雙手撫摸著石頭，石頭沒有反應。

「得讓他站起來，我們才能知道他到底是誰。」

沒有人聽得懂米開朗基羅說的話是什麼意思，但是，他是從羅馬回來的大師啊，除了他，哪裡還有人能夠對付這塊大石頭？他要石頭站起來，那我們就想法子來做這件事吧。於是，不知多少人一同用力，大石頭終於被掀了起來，穩穩地「站」住了。

周圍是汗流浹背的人群，米開朗基羅站在一堆碎石上，凝神注視著這塊巨大的、高度幾乎有六米的美石。他的面容在陽光的照射下逐漸地柔和起來，終於，他的嘴角揚了起來，他看見了，肩上披著投石帶的大衛（David）。正在準備戰鬥的大衛從這塊巨石中那麼清晰地浮現了出來，那是真正英雄的、真正偉岸的男子，獨一無二。米開朗基羅醉心地注視著石頭，良久，他發出指令，「首先要建一個可以轉動的木頭工作檯，放在我選中的工作場地，那裡有最好的光線。然後，把他移出堆石場，放在工作檯上。最後，要在四周搭四個堅固的腳手架」。

　　大石的重量超過六噸，佛羅倫薩人沒有後退，他們遵照米開朗基羅的指示，一步步地做著準備工作。

　　終於，用古希臘、古羅馬、古埃及使用過的滾木之法，完全靠著男人們的肩扛手推，一寸寸，一尺尺，大石離開了堆石場，終於登上了工作檯。陽光下，人們的汗水閃亮，一條條堅實的肌肉隆起，肩上寬寬的布帶深深陷進肌肉裡，這樣壯美的畫面深深地感動了米開朗基羅，長久地留在他的記憶裡、留在他的草圖裡。

　　畢竟是家鄉。父老鄉親們全力支援著他們自己的藝術家。木匠、鐵匠、石匠們不分日夜地工作著，米開朗基羅所需要的工作場地、工具、腳手架等等終於齊備了。大家也終於看到了米開朗基羅做出的泥塑，大衛並沒有把敵人歌利亞（Goliath）的頭顱踩在腳下，他正全神貫注地瞪視著面前高大的敵人，決心以上帝之名戰勝敵人榮耀以色列。大家看著泥塑，善意地笑了，因為泥塑的高度只是巨石的十分之一，在巨石面前，泥塑顯得十分逗趣。米開朗基羅也笑了。聖經

故事裡，所羅門王聽說小孩子大衛為了捍衛以色列的尊嚴竟然要同身高九米、身經百戰的巨人歌利亞決鬥，勸他不要去；大衛卻回答說，上帝與我同在，我一定能夠戰勝。泥塑雖小，但大衛已經蓄勢待發，如同箭在弦上，他將飛身向前，奔向勝利。

在輕鬆而歡愉的氣氛裡，米開朗基羅登上了腳手架，揮動鎚子，鑿石的聲音噹噹地響起，人們仰望著他，驚異著他的瀟灑自如、驚異著石塊迅速地紛紛崩落。別人不知用多少天才能鑿下的石頭，他很快就把它們剔除下來了。這個人的精力和體力是神奇的！大家讚嘆不已。有人趕快用小推車運走碎石、有人迅速地清理工作現場、有人攀上腳手架，遞給米開朗基羅更銳利的鑿子……。親密無間的工作關係就這樣建立起來了。

石匠們凝神細看，米開朗基羅正在「去蕪存菁」，他是那樣的果斷。要知道，若是稍稍多剔除了一點點，整個作品就完了呀！但是，米開朗基羅的雙手似乎長滿了眼睛，他是

那樣自信而靈活地工作著，從作品各個方面的最高處著手，成噸的石塊紛紛落下，一個偉男子的形體慢慢浮現。進入細部之後，米開朗基羅從大衛的左手開始，那隻左手緊緊抓住肩上的投石帶，肘部弓起，同左腳尖等寬，原來，藝術家是這樣找到作品的尺寸的！作品的平衡是這樣建立起來的！石匠們恍然大悟，驚嘆不已⋯⋯。

到了夜晚，整整忙了一天的人們都陸續回家休息了。未完成的雕像被厚棉布緊緊包裹起來，米開朗基羅將工作場地完全清理乾淨，同鐵匠一道淬火、鍛鑄趁手的工具。將工具準備好之後，鐵匠也回家了。米開朗基羅獨自一人站在深夜的寒風中面對這件尚未完成的作品，久久地沉默著。透過厚棉布，他能夠看到每一個鑿痕，他看到一個高貴的靈魂正從石塊的禁錮中探出身來，臉上綻開了一個極為燦爛的微笑⋯⋯。

整整兩年半，《大衛》終於接近完成，米開朗基羅一如既往，餐風露宿，日夜不離自己的作品，直到他自己完全滿

意。

天吶，這樣一件超過一噸重高達五米以上的藝術品要放在哪裡才好啊？主事的人們為了要解答這個問題，組織了一個審議委員會，在一五〇四年一月二十五日共商大計。審議大員包括達文西、吉蘭達約、波蒂切利（Sandro Botticelli）等等一大票當時在佛羅倫薩的著名藝術家。大家討論了半天，各有各的說法，最後還是請教米開朗基羅，他要把《大衛》放在哪裡？他馬上指出，他要《大衛》矗立在佛羅倫薩市政廳舊宮（Vecchio）的露臺上。審議大員們都表示同意。於是，四十個人先將運輸途中無法通過的院牆統統推倒，清出足夠寬的通路，然後用了四天時間肩扛手推將雕像運到舊宮廣場，再用了二十一天，雕像終於抵達舊宮露臺，並且被安放到合適的位置，這一天已經是一五〇四年五月十八日。《大衛》在那裡矗立了三百六十九年。

當雕像被安置在舊宮露臺之後，佛羅倫薩共和國的執政者彼得羅·蘇得利尼（Pietro Soderini）表示《大衛》確

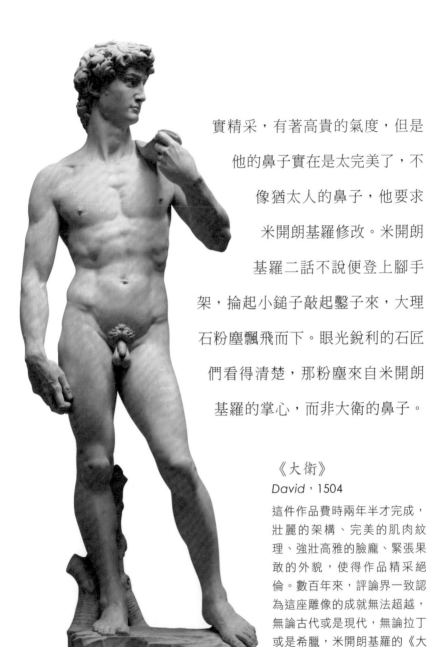

實精采，有著高貴的氣度，但是他的鼻子實在是太完美了，不像猶太人的鼻子，他要求米開朗基羅修改。米開朗基羅二話不說便登上腳手架，掄起小鎚子敲起鑿子來，大理石粉塵飄飛而下。眼光銳利的石匠們看得清楚，那粉塵來自米開朗基羅的掌心，而非大衛的鼻子。

《大衛》
David，1504

這件作品費時兩年半才完成，壯麗的架構、完美的肌肉紋理、強壯高雅的臉龐、緊張果敢的外貌，使得作品精采絕倫。數百年來，評論界一致認為這座雕像的成就無法超越，無論古代或是現代，無論拉丁或是希臘，米開朗基羅的《大衛》獨一無二。

但他們都一聲不響，表情嚴肅地觀看米開朗基羅「遵命修改」，並且異口同聲地告訴蘇得利尼，雕像鼻子修改得「恰到好處」。

雕像完工，拿了酬勞，米開朗基羅馬不停蹄接受小型訂單繼續工作。

梅迪奇家族善待《大衛》，立下規矩不准觸碰。但是當這個家族遭到排擠、驅逐之時，《大衛》就失去了保護人，不但風吹雨淋而且遭到人為的破壞。一五二七年，在一次暴力事件中，一張椅子從舊宮的窗口飛出，撞斷了《大衛》的左臂，幸好十六歲的瓦薩里（Giorgio Vasari）正巧在那裡，將斷臂收藏了起來。後來，梅迪奇家族的一位公爵主事，這才把斷臂重新接好。一八七三年，佛羅倫薩市政府再次大費周折，將《大衛》移往佛羅倫薩學院藝廊（Accademia delle Belle Arti）。這座雕像不但得到最好的保護而且備受尊崇，一直是佛羅倫薩最重要的藝術品。現在矗立在市政廣場上的那一座《大衛》雕像則是複製品。

　　西元 一五〇三年，一方面由於梅迪奇家族的衰落，一方面也由於傳道者薩佛納羅拉在一四九八年遭火刑處死，死前不但遭受酷刑，而且拒不認罪，為其個人信仰付出生命，引致人心浮動。佛羅倫薩雖然處於共和狀態，但是渙散的人心實在需要某種精神上的鼓舞來重新凝聚。此時，三十四歲的思想者、外交家、軍事家馬基維利（Niccolò Machiavelli）正在佛羅倫薩政府服務，積極協助主政者，努力謀求建立一個強大的義大利。他看出蘇得利尼並無多大的才幹來榮耀這新的共和，便建言借用藝術的力量。

　　那時候的達文西如日中天，其《聖母與聖安妮》Virgin and Saint Anne 之素描剛剛在佛羅倫薩掀起爭相觀賞的狂潮，而且，他正在創作《蒙娜麗莎》the Mona Lisa，毫無疑問，這幅充滿內涵的作品將傳之久遠。馬基維利便建議蘇得利尼請達文西來創作軍事題材的溼壁畫，頌揚勝利、激勵軍人的武德、促進市民的愛國心，讓每個人都確信保家衛國人人有責。蘇得利尼便同達文西商議，委託他在佛羅倫薩市政

廳舊宮大會議廳繪製佛羅倫薩戰勝米蘭的安吉亞里戰役。達文西很快就在新聖母大殿教堂附近的工作室開工，畫出巨大的草圖，再次引發群眾熱情圍觀的狂潮。

一五〇四年，米開朗基羅的《大衛》引發了整個佛羅倫薩的轟動，蘇得利尼便再次接受馬基維利的建議，在同一個大會議廳，就在達文西製作壁畫的對面，委託米開朗基羅繪製佛羅倫薩戰勝比薩的卡西納戰役壁畫。這樣兩幅巨製必然會起到「凝聚民心，鞏固共和的作用」。

蘇得利尼的委託並沒有激起米開朗基羅的熱情，他的第一個反應是，「我是雕塑家而非畫家，畫圖不是我的強項」。蘇得利尼並不氣餒，繼續遊說，直到米開朗基羅勉強點頭為止。

米開朗基羅沒有說出口的是他有一千條理由討厭達文西。達文西出現在任何地方都是衣著華貴、舉止從容優雅、侍從如雲。貴族式的虛假禮貌絲毫沒有掩蓋住他對衣衫襤褸、滿身粉塵的米開朗基羅的蔑視。年輕雕塑家的身邊也有著人群，他們不是風度翩翩的男性侍從，而是孔武有力的鐵

匠、石匠、木匠、擅長搬運重物的大力士。他們同米開朗基羅一樣不修邊幅、有著傷痕累累的雙手，常常三餐不繼卻性情耿直豪爽。這樣的一群人同那樣的一群人絕對沒有辦法在同一個屋簷下融洽相處。米開朗基羅很難想像同達文西在同一個大廳背對背製作壁畫會是怎生模樣。

桑格羅臨摹《卡西納戰役草圖》
Cartoon for Battle of Cascina by Antonio da Sangallo，1542
米開朗基羅在一五〇五年為佛羅倫薩市政廳舊宮完成了《卡西納戰役草圖》，未及創作溼壁畫便被教皇緊急徵召至羅馬。草圖被大量臨摹、被支解、被人們零星收藏。桑格羅的臨摹沒有表現出米開朗基羅這幅草圖的精髓，但大致能夠看出原草圖的結構。

《卡西納戰役草圖》局部
Study for Battle of Cascina，1504-1505

這幅素描讓觀者直接面對《卡西納戰役草圖》中上部那位舉旗者的背部，米開朗基羅讓這位旗手的左手緊緊地抓住旗桿，上半身肌肉隆起，頸部扭向敵人來襲的方向。整個畫面充滿了力量、決心與勇氣。與上圖的臨摹大異其趣。在構圖過程中，米開朗基羅請強壯的男性模特兒擺出大動作姿態畫了許多的素描。〈舉旗者〉乃其中之一。

　　但是，達文西的草圖已經引起了轟動，許多年輕畫家正在臨摹……。於是，米開朗基羅略微地掃了掃身上臉上的大理石粉塵，擠在興奮的群眾中走進了達文西寬闊、軒亮的工

作室，面對了安吉亞里戰役的草圖。戰馬嘶鳴、勇士們奮勇爭先、敵人正接近潰敗……。濃郁的戰爭氛圍瀰漫在工作室裡，氣度非凡。

夜間，米開朗基羅難掩躍躍欲試的心情，深思著要怎樣構圖才能發揮自己的專長、自己的興趣，才能擊敗對手。毫無疑問，米開朗基羅的強項是對男性軀體的深入研究，是對動作中的肌肉與骨骼的精準掌握，是對人物內心活動的細膩描繪。他在燭光下展讀歷史學家斐利浦 · 維藍尼（Filippo Villani）關於卡西納戰役的描寫，找到了大戰揭幕前的場景。

西元一三六四年七月二十八日，佛羅倫薩軍隊抵達距離比薩只有幾公里遠的卡西納亞諾河畔。這一天暑熱難當，實在是兵困馬乏，年老的部隊長便下令部隊解散下河沐浴修整一番。士兵們都很高興，解下頭盔甲冑，下河去了，清涼的河水讓他們感覺舒暢……。敵人卻抓住了這個難得的機會發起突襲！當警報號角響起的時候，士兵們歡愉的心情陡變，

有人迅速地抓起衣服套在溼淋淋的身體上，有人來不及著裝便抓起武器投身戰鬥，有人正在舉起戰旗……。心情的突變連同身體大幅度扭動所產生的張力成為米開朗基羅構圖的主旋律。他沒有光鮮的工作室可以利用，乾脆在舊宮大會議廳立起一面二百八十八平方英尺的布面畫紙，就在這面畫紙上畫出《卡西納戰役》的草圖。馬基維利靜靜地站在圍觀的人群裡，他實在是非常滿意的，這就是他要的，卸去衣裝的士兵就是普通人，面對強敵的偷襲，他們沒有恐懼、沒有片刻的猶豫，他們充滿必勝的意志，奮起迎敵。畫面上雖然沒有直接表現殲滅上千比薩士兵的激戰，但觀者卻能感受到戰鬥即將來臨的緊張以及奮不顧身勇往直前贏取勝利的豪情。馬基維利克制住自己擁抱畫家的衝動，告訴身邊的人，給畫家他所需要的一切支援，不計代價。米開朗基羅沉浸在創作中渾然不覺。

　　到了一五〇五年二月，巨幅草圖大功告成，達文西悄悄地來看過了，年輕的拉斐爾（Raphael）也興致勃勃地來看

過了。就在米開朗基羅要開始準備灰漿製作溼壁畫的當口，教皇朱利阿斯二世（Pope Julius II）緊急徵召，說得明白，有大理石工程急召雕塑大師米開朗基羅前來羅馬。

可以避免與達文西同室創作，米開朗基羅感覺不錯；再說，回到大理石雕刻，那實在是太令人興奮了。於是，米開朗基羅欣然前往羅馬。馬基維利同蘇得利尼非常不高興，但是他們沒有力量對抗教皇，只好讓米開朗基羅離開佛羅倫薩。

一向熱愛創新的達文西不甘心創作溼壁畫，想著要恢復早已失傳的古羅馬熱蠟畫法技術，便準備用《安吉亞里戰役》來做實驗。他將蠟同顏料融合，在塗了松脂的石膏表面做畫。這個辦法比溼壁畫「乾淨」得多，很適於注重外表的達文西。但是，麻煩在於使用這種畫法顏料不能自然乾燥，再加上這一年天公不幫忙，春雨綿綿十分的潮溼，於是達文西用火盆和暖爐來加熱，試圖固定住壁上的顏料。但是，顏料開始脫落了……。達文西承認失敗，放棄了這次實驗。這

幅殘畫留在大會議廳的牆壁上整整五十年，直到大廳整修才消失。一五五六年，米開朗基羅的得意弟子瓦薩里在同一面牆上畫了溼壁畫。四百年以後，專家們發現，達文西的筆觸很可能就藏在瓦薩里溼壁畫的下面！

$$6$$

　　從佛羅倫薩傳來的各種消息對米開朗基羅毫無影響，他的草圖被臨摹也好、被分解也罷、被人收藏等等對他來說都不重要；達文西的失敗在他心裡也沒有引起任何的漣漪，他忙得很，沒工夫想別的事。

　　朱利阿斯二世是一位自視甚高的教皇，感覺自己事功了得，應當要有一個非同凡響的陵墓永存世間。於是，請米開朗基羅來設計，也請米開朗基羅來完成。對於米開朗基羅來說，這將是一個耗時數年的大工程，但是，實在是太有吸引力啦。首先這個工程將用大理石雕刻來完成，那是他最喜歡的；何況，這個陵墓將設在聖彼得大教堂，意義不凡；再說，這也是米開朗基羅第一次為一位教皇創作，於是，對這位教皇沒有什麼了解的米開朗基羅接受了邀約。

　　教皇首先交給米開朗基羅兩千金幣（ducats）用來購買大理石，也給了他一個住所，住所附近便是一個理想的雕刻場所。米開朗基羅迅速展開了設計，這個陵寢將有二十七英尺長，十八英尺寬，裝飾有四十座雕像，其中有一座雕像特別要表達出被解救的教廷之神聖；另外，還需要有一些先哲，比方說摩西（Moses）；要有兩位天使，一位為教皇的去世而哭泣，一位為教皇升入天堂而面露微笑；陵寢中心的頂端才是精美的石棺。看到設計圖，教皇很滿意，派人專程送米開朗基羅到卡拉拉採石場去選擇上好的大理石。教皇派出的車子自然是堂皇而舒適的，米開朗基羅心情不錯，沿途觀賞風景。他看到一個面海的山坡，就跟同行的人說，如果將這面山坡雕刻成一個巨大的人像，在人像的頭頂點燃光亮，能夠為暗夜中的航船指引方向豈不是好？大家都點頭稱是，計畫雖然沒有付諸實施，但是米開朗基羅的創意還是贏得了眾人的讚賞。這樣舒緩、愉快的旅程在米開朗基羅艱難的一生中是頗為罕見的。

之後的八個月，米開朗基羅多半的時間在卡拉拉選擇上好的石材，少有時間回羅馬。他不知道計畫正在改變中。首先，聖彼得大教堂要翻新；第二，朱利阿斯二世準備發動戰爭，征服波隆那等地。這兩件事都需要大量的金錢，於是教皇決定等到戰爭結束再來修陵墓，雖然他看到米開朗基羅運回的大理石非常精美，內心是很得意的。

《教皇朱利阿斯二世陵寢草圖》
Boceto tumba Julio II，1505

這幅草圖氣勢宏偉，集雕刻、繪畫、建築、詩歌、哲學、神學於一爐。很可惜，由於教皇的朝令夕改未能按計畫完成。直到教皇去世，米開朗基羅創造的摩西雕像，成為朱利阿斯二世陵寢的一部分。最後落成的陵寢較米開朗基羅的設計簡約了許多。

《教皇朱利阿斯二世陵寢》
Tomb of Pope Julius II，1555

這個陵寢的初步落成是在西元一五四五年，米開朗基羅的設計是在一五〇五年。一五一三年，米開朗基羅完成了摩西的雕像，那時，他已經完成了西斯汀禮拜堂穹頂溼壁畫，他在摩西的創作中注入了更多的糾結、克制與憤懣。當陵寢最終竣工之時，納入其中最偉大的作品，便是摩西，米開朗基羅為這座雕像的手部做了最後的潤飾。在米開朗基羅的創作中，《摩西》整整費時四十年。一五五五年陵寢最終落成，摩西雕像左右的兩位女性雕像也是米開朗基羅的作品，耗時十三年才完成。

　米開朗基羅沒有了薪水，購買大理石的錢也已經花完，現在為了雕像，他在用自己的積蓄購買大理石，這樣子下去是不行的，他只好求見教皇要求撥款。一而再，再而三……，教皇拒絕見他。米開朗基羅心緒惡劣，憤然離開了羅馬。臨走前，他留信給教皇，「假使要找我的話，我在別處，不在羅馬。」這時已經是一五○六年，米開朗基羅騎著一匹馬回佛羅倫薩。在路上，教皇的信差追上了他，教皇在信中要求米開朗基羅撥轉馬頭回羅馬；米開朗基羅寫了短短的回信交信差帶回，「回羅馬的先決條件是教皇履行承諾，繼續陵墓雕刻工程」。他繼續前行，回到了佛羅倫薩。

　在當時的世界上，兩個意志堅決不肯妥協的人有了第一回合的衝撞。

　蘇得利尼自然高興，於是，米開朗基羅重回溼壁畫《卡西納戰役》的創作。

　但是，大家都低估了朱利阿斯二世的固執和不講理，一封信又一封信，緊跟著是第三封信，教皇責令佛羅倫薩「交

還」米開朗基羅，否則「不惜開戰」。蘇得利尼沒有法子，只好讓米開朗基羅回到教皇身邊，但他畢竟是佛羅倫薩的實際統治者，他交給米開朗基羅一封信，要他隨身帶著，以備不時之需。那封信是寫給教皇的，內容是要求教皇「善待和保護米開朗基羅」。那時候，朱利阿斯二世已經征服波隆那，志得意滿，勒令米開朗基羅在波隆那鑄造一座巨大的銅像，題材是他自己騎在戰馬上的英姿，以表達他自己才是波隆那的征服者。一五〇六年十一月，米開朗基羅咬緊牙關翻越積雪的山區，來到波隆那，投身艱苦的鑄造工程。

失蠟鑄造法在當時已經是相當成熟的一種鑄造銅像的技術，用蠟製作出精緻的模型，外面附加熔點高的材料，然後加熱，使蠟熔化。去蠟之後，留下空腔，熔融的金屬液體灌注於空腔中，冷卻後，成為精美的銅像。

米開朗基羅跟教皇講得非常清楚，他不是鑄造專家，他個人根本沒有鑄造過任何的銅像，他也不懂金屬的溫度改變⋯⋯。朱利阿斯二世專橫地打斷他，只要他對上主忠誠，

沒有辦不到的事情。米開朗基羅壓抑住內心的委屈，先行做出泥塑，他的助手們則建造起巨大的磚爐，開始實驗金屬的熔度。炎炎夏日，整個工地煙霧瀰漫，助手們吃不好、睡不好，工作苦累，情緒十分低落。米開朗基羅更是苦不堪言，內心的煎熬、對工作的不熟悉、磚爐的燎烤都讓他感覺非常的壓抑。就在這樣的煎熬中，他完成了泥塑。教皇親自來看，人們都看得出來，泥塑比教皇本人更威嚴，它不像一位教皇而酷似凶殘的「戰神」。教皇自己見了塑像卻非常的滿意。米開朗基羅趁此機會要求購買大量的蠟，教皇便告訴司庫，「米開朗基羅需要什麼，你們就供給他什麼！」

這樣的條件並沒有讓米開朗基羅高興起來。他知道，他可能面臨的是澈底的失敗。他寫信給佛羅倫薩的友人，傾吐內心的愁緒……。

佛羅倫薩人再次伸出援手，救援自己的藝術家。一位出色的銅匠在烈日下奔赴波隆那，他一到，馬上發現問題所在，塑像太大，磚爐能夠達到的溫度不夠熔融足夠的金屬，

而且金屬的量也不足以完成如此巨大的工程……。一切為時已晚，金屬液體已經開始注入空腔。正如銅匠所料，金屬只澆鑄了塑像的上半身，失敗已經一目了然……。

衣衫破碎、整個人瘦削不堪，連鬍子都被煙火燎得一塌糊塗，米開朗基羅站在銅匠面前，跟他說，「我必須要完成它……」。銅匠心痛得熱淚縱橫。

終於，有了第二次澆鑄。然後，是上下兩部分仔細的磨合，這個磨合的時間超過了一年。米開朗基羅沉默寡言、形銷骨立。他只是每天用意志支撐起自己，跟金屬搏鬥，完成一件他根本不想再看見的作品。

銅匠心知肚明，這項「不可能完成的任務」到了米開朗基羅的手裡就是會有一個結果出來。他全力以赴，在助手們紛紛逃避的時刻，用自己的雙手和知識幫助了米開朗基羅。

一五〇八年三月，遮蓋銅像的棉布徐徐落下。

米開朗基羅在拂曉的曦光中同銅匠一道頭也不回地離開了波隆那，人們看到兩人騎馬離去，之前與大家的道別簡短

而沉重。

　　筋疲力盡的米開朗基羅回到了家鄉佛羅倫薩。

　　朱利阿斯二世對銅像讚不絕口。消息傳到佛羅倫薩，蘇得利尼鬆了一口氣，知道教皇在興頭上絕對不會對佛羅倫薩大動干戈，自己的權位也就有了保障。

　　這座銅像的壽命卻只有三年。一五一一年十二月，波隆那被收復，波隆那人當然不會讓那目露凶光的教皇繼續在自家的土地上耀武揚威，於是銅像被熔成一尊大砲，而且被命名為「朱利阿斯」，顯示了波隆那人的幽默感。有些人畢竟了解無論米開朗基羅多麼不情願，這位天才的雙手就是能夠創造奇蹟。他們留下了銅像的頭顱，認為這是非常獨特的藝術品，珍藏了起來。

　　米開朗基羅終其一生再也沒有見過自己鑄造的這個頭顱。而且，一五一一年，米開朗基羅正陷於水深火熱之中，無暇他顧。

　　這些痛苦的日子始於一五○八年的春天，米開朗基羅

返回佛羅倫薩，在家裡只住了十八天，就收到來自羅馬的信函。教皇朱利阿斯二世心情愉快地寫信給米開朗基羅，說是有重要的工作要交給他來完成。因為心情好，教皇的信也就不那麼專橫。米開朗基羅以為戰爭結束，教皇終於有錢有心情來完成陵寢工程了，於是再次回到羅馬。

　　四月的一天，米開朗基羅穿了一件黑色的長衣，腰間規規整整繫了一條黑色的布帶，乾乾淨淨整整齊齊來到了梵諦岡。果真，教皇心情極好，見了米開朗基羅就盛讚他具有「令人折服的謙虛的美德」，那當然是指米開朗基羅曾經明言自己不懂鑄造，結果卻創造出那麼精采的銅像。教皇沒有提到自己的陵寢，反而親切地引導著米開朗基羅緩緩前行，穿堂過室來到了一個禮拜堂，西斯汀禮拜堂。這個地方有著巨大的私密性，形如堡壘般的堅固，通常是教廷進行重要議事的場所。在禮拜堂入口，米開朗基羅謹慎地停下了腳步。教皇親切地向他招手，要他走進去，四壁上的繪畫不但有波蒂切利的作品，也有吉蘭達約的作

品，米開朗基羅看到老師的作品，感覺很溫暖，臉上露出
了笑容……。

一些醜陋的腳手架稀稀落落搭建在牆邊，腳手架附近站
著一個人，從容不迫地望著米開朗基羅，臉上浮著莫測高深
的微笑。他就是教皇寵信的建築師布拉曼蒂（Donato Bra-
mante）。看到這個人，米開朗基羅的笑容消失了，他開始
緊張，凡是與這位建築師有關聯的事情，帶給米開朗基羅的
都是壞運氣，他已經從陵寢工程的一再被擱置學到了一些教
訓。他轉過身去，回到教皇身邊。

教皇站在禮拜堂中央，仰望著禮拜堂的穹頂，穹頂上是
深藍色的夜空，幾顆金星閃爍。

對於西斯汀禮拜堂，米開朗基羅是熟悉的，其設計師
是佛羅倫薩的吉奧瓦尼諾（Giovannino de Dolci）。禮拜
堂仿照所羅門王神殿的比例規制六十：二十：三十而建，
有四十‧二五公尺的長度，十三‧四一公尺的寬度，挑
高足有二十‧七三公尺。西元一四八一年竣工的這個禮拜

堂穹頂畫面灰泥已經出現裂痕。此時教皇正仰望著這些裂痕，心平氣和地詢問米開朗基羅，「這些裂痕應當可以修復吧？」，他並不等待回答，似乎那回答必然是肯定的。此時，教皇的視線下移，在直立的牆壁與半弧形的穹頂之間，有著弧度更大的連接處，而這裡，還是空白的。教皇胸有成竹地跟米開朗基羅說，「在這裡畫上十二使徒的肖像，應當是不錯的設計吧？」依然不等回答，朱利阿斯二世頤指氣使地說道，「三千金幣，外加五個助手的薪水，你覺得滿意吧。」這已經不是問句了。完全沒有商量的餘地，「你看，連腳手架都為你準備好了。」教皇威嚴的儀容上露出了一絲微笑。

　　米開朗基羅無言以對，說自己是雕塑家不擅繪畫已經沒有意義，他掃了一眼牆邊的腳手架，無奈地說道，「在那上面繪畫，我得有十二公尺身高才行⋯⋯」。此時，原本站在那裡的布拉曼蒂早已失去了蹤影。「你是天才，會想到辦法的。」教皇說完了這句話便離開了。禮拜堂裡，

只剩下米開朗基羅一個人，冰冷的地面傳遞出陣陣徹骨的寒意，慘澹的陽光灑進高大的玻璃窗，並沒能夠帶來足夠的暖意。米開朗基羅站在那裡，眼前浮現起老師吉蘭達約親切的面容，整整二十年前，十三歲的自己跟著老師學習製作溼壁畫，但是在這二十年裡，自己並沒有獨立完成過任何一幅溼壁畫啊。眼下，他卻要在弧度這麼大的狹小區域裡繪製十二使徒，這會不會帶來又一次的失敗，就像那尊銅像？

米開朗基羅快步離開了，他走到聖彼得大教堂不遠處，堆放陵寢工程所需大理石的雕刻工地。撫摸著被陽光曬暖的美麗石頭，米開朗基羅的心漸漸地平靜下來，折磨已經不可避免，只有頂風而上了。他回到住處，在燭光下寫信給佛羅倫薩的友人，十二使徒的草圖也在腦中旋轉，他想像著，如何把他們安放到那樣古怪的空間中去。

很快，同在吉蘭達約畫室工作過的夥伴們來到了羅馬，微薄的薪酬、不堪的飲食並沒有帶給他們太多的困擾，

他們很樂意同米開朗基羅一道來完成教皇吩咐下來的工程。

　　腳手架早已被拆除，改裝成高聳、堅固的鷹架，一小塊空白牆面已經用細膩的灰漿打磨平整，草圖被放大，線條已經針刺完畢，可以放到牆面上撲粉準備開筆繪製了，就在此時此刻，米開朗基羅請夥伴們停下手來，「要命的弧度會讓整個形體改觀，這個設計要不得！」米開朗基羅大叫。

　　那麼怎麼辦呢？夥伴們凝神望著他，只見他抖索著手指指向穹頂，原先的裂痕已經擴大，露出了明亮的淡色灰泥，猶如一道巨大的閃電自天際劃過，開天闢地，「創世紀……」。雖是喃喃細語，夥伴們卻全都聽見了，每個人都感受到這三個字的分量。禮拜堂裡一時之間靜默下來。

　　米開朗基羅跟蹌著腳步奔向教皇，要求增加繪畫面積、改變主題……，他將完成整個穹頂。站在一邊的布拉曼蒂臉色發白，他知道，米開朗基羅的靈感便是整個工程的基石，

《利比亞女祭司草圖》
Studies for Libyan Sibyl，1509

米開朗基羅為西斯汀穹頂溼壁畫做了大量的準備工作，炭筆素描是其中的大項。這一幅利比亞女祭司的草圖不但充分展現女祭司的美貌、端莊，更以極其有力的筆觸強烈展示女祭司的堅定、果敢與力量。米開朗基羅筆下的女性同雕刻刀下的女性一樣都是體魄強健、堅韌有力的。

《利比亞女祭司》
Libyan Sibyl，1509-1512

在西斯汀禮拜堂穹頂與牆壁的連接處，畫幅上的人物比穹頂的人物更高大，對於站在二十公尺下方的觀者而言，有著更為強烈的感染力。畫中利比亞女祭司舉起雙手將書冊放回原位，身邊小男孩夾著一卷手稿正同友伴笑談，畫面祥和，滿溢著書卷氣。女祭司的雙腳有力地支撐起她全身的重量，彰顯出一個真理──祥和的贏取基於不懈的堅持。

而這個工程將是前所未有的。朱利阿斯二世不是庸才，他知道《舊約聖經》神祕的精神力量，他知道在西斯汀禮拜堂重現「創世紀」的巨大意義，不但欣然應允，而且責成布拉曼蒂設計合用的鷹架。

「這是超過五百平方公尺的繪圖面積，就算一天完成一個平方公尺，也需要兩年的時間。」一位夥伴小心地提醒著米開朗基羅。

米開朗基羅苦澀地微笑，「在二十公尺的高空，仰面作畫，一天不可能完成一個平方公尺……。」然後，他開始構圖，穹頂中央將分成九個部分，第一到第三是宇宙初開的圖景：光明乍現、神創造日月、神創造海洋與陸地；第三到第六是人類的原罪：神創造亞當、神創造夏娃、人類被逐出伊甸園；第七到第九是神的懲罰：諾亞獻祭、大洪水、諾亞醉酒。三個主題，每個主題三幅畫面，隱含了聖三位一體的意念。

夥伴們屏住呼吸，緊張地看著米開朗基羅手中的炭筆

在紙上移動。雕塑家米開朗基羅繼續，畫面大小間隔，二、四、六、八是大圖，包括創造日月、創造亞當、人類被逐、大洪水四幅作品。九幅作品的四周將有廊柱框架，四角或坐或站會有四個人物，不但間隔了畫面，而且使得畫面有了立體感，「就像雕刻一樣！」一位夥伴叫了起來。

穹頂四角將有四個《聖經》故事，四邊牆壁與穹頂連接處則將有二十位先知與祭司，「二十四，而不是十二……」一位夥伴若有所思，粗粗計算，整個穹頂會有三百多個人物……。

蠟燭燃盡，曙光乍現，米開朗基羅同他的夥伴們回到禮拜堂，布拉曼蒂手裡拿著一張簡單的鷹架設計圖，正在觀看工匠作業。這是懸垂式的鷹架，無數粗大的繩索直接地穿過釘入穹頂的大鐵環。米開朗基羅見了馬上要他們停工，將繩索、鐵環從穹頂拆下來，改成立柱式的設計。如此，鷹架非常的結實，可以承受巨大的重量，而且不會在穹頂上留下任何痕跡。只不過畫家的工

作空間卻縮小了很多。布拉曼蒂悻悻然解釋說，「我的設計是希望你們工作得不那麼辛苦……」。米開朗基羅毫不領情，直截了當回答說，「你在穹頂留下的大洞沒有辦法在成畫之時修補完善，它們必然會破壞畫面的完美。」然後他自顧自走開，指揮工匠們操作，他的夥伴們馬上投入工作，檢查鷹架是否牢固，上下是否方便。

布拉曼蒂離開了，心裡忖道，「這個瘋子，要的竟然是『完美』，簡直是不知死活。」他不知道，米開朗基羅的「不知死活」竟然到了匪夷所思的地步，他拒絕了好用省時的油畫顏料，而堅持要在這樣險峻的穹頂創作溼壁畫。因為他清楚地知道溼壁畫所用顏料來自石頭，而石頭研磨出的顏料才經得起歲月的折磨。而且，溼壁畫要求畫家動作迅速、果斷。米開朗基羅自信他的手能夠精準地琢磨石頭，他運用畫筆也能精準到位，「溼壁畫適合我。」他這樣跟自己說。

那些無用的繩索，米開朗基羅送給了一位貧苦的助手。這位助手是一位木匠，他正專心致志為鷹架豎立堅實的木

柱。看到忽然間堆在他面前的大量繩索，高興得哈哈大笑，「把這些撈什子賣了，給我的乖女兒置辦一份好嫁妝。」

　　當夥伴們齊心合力做各種準備工作的時候，米開朗基羅一個人來到卡拉拉採石場，他無比愉快地發現，除了青金石藍需要從其他地方尋找以外，他所需要的顏料，卡拉拉都能提供。五月的陽光下，米開朗基羅像小時候一樣在美麗的石頭中間蹦蹦跳跳，贏得了短短幾天的快樂。

7

　　從開始繪製西斯汀教堂穹頂畫的第一天開始，米開朗基羅就清醒地看到了他面對的挑戰，這個「不可能的任務」所索取的不僅是時間，不僅是才華、心血與體力；要完成這個工程，他還必須付出個人的健康。但是，來自家鄉的夥伴們卻沒有理由陪著他犧牲奉獻，於是他溫言勸他們回鄉。

　　教皇所給付的助手薪資仍然有效，於是司庫派了幾個畫師來充當助手。米開朗基羅知道他們都是布拉曼蒂的人便沒有什麼太大的興趣。工程進行中，米開朗基羅對已經完成的畫面不能滿意的時候，這些助手紛紛表示，「已經太好了，不必修改了。」米開朗基羅笑道，「你們那麼容易滿意嗎？」並且以此為理由，把他們全部遣散了。不僅如此，他還將鷹架全部覆蓋，上下木梯都掛上牌子，不准任何人上來。雖然

西斯汀禮拜堂在四年的工程期間照樣議事，但是大家仰頭看到的只是已經被遮蓋的鷹架，完全看不到穹頂畫面。每天，上上下下工作的只有米開朗基羅一個人，無人能從他那裡打探工作進度。於是，整個梵諦岡也就沒有人知道穹頂正在發生的變化。

工程開始的時候，正是炎熱的夏日，穹頂之下密不通風，潮溼的灰泥增加了空間的溼度，溼熱使人透不過氣來，大滴的汗水滾落在眼睛裡，眼睛被刺痛，視線被模糊，顏料不斷從頭頂滴落，要不了一時三刻，作畫的人已經是個三花臉。更要命的是，畫家必須仰著頭工作，而且要快，要趕在灰泥乾燥之前完成，心情的焦急加大了工作的難度，畫家如同身陷煉獄。

到了冬天，同樣難以忍受，禮拜堂非常寒冷，穹頂之下更是宛如冰庫，凍僵龜裂的雙手有時候根本不聽使喚，本來快捷、靈動、流暢的筆觸變得澀滯。米開朗基羅對畫作不能滿意，剷掉重來，使得工作進度更形緩慢……。他咬緊牙關

減少灰泥量、減少每天延展的面積，力求每天的進度不需要再次翻修以度過痛苦至極的漫漫冬季。從傍晚到深夜，他一個人在住處研磨顏料，爐火已經只剩餘燼，燭火已經熄滅，研缽裡的石頭放射出的光彩照亮了米開朗基羅的心。「喵」的一聲，同樣骨瘦如柴的流浪貓鑽進門來，跳上米開朗基羅的膝頭，貓的體溫讓米開朗基羅感覺到絲絲的溫暖，在這個異常寒冷的世界裡。

最最不堪的是牆壁與穹頂的連接處，弧度大，空間極其狹小，米開朗基羅仰面平躺在鷹架上，蜷起雙腿，後背弓起，支撐著雙手的動作，時間一長，髖關節痠痛不已，連脖子都腫脹起來，後背更是一陣陣刺痛。在這樣的地方工作半天之後，他必須換到穹頂中央的地方，伸展開肢體再工作半天。如此這般，一天所需灰泥必須攤放到兩處，要求其筆觸更快，更果斷，容不得半點猶疑。每逢身體上的疼痛稍有轉移或稍有緩解的時候，米開朗基羅都會感覺一種愉快從內心深處升起，「我能夠完成它！」甚至，他還保持著某種幽默感，

一五〇九年六月，在給朋友喬萬尼（Giovanni di Benedetto
da Pistoia）的信裡寫下生動的十四行詩，甚至配上自畫像，
自我解嘲一番，為這段艱難的日子留下了紀錄。

在詩中，他這樣唱道，

「住在囚籠裡讓我脖子腫脹

就像隆巴迪臭水溝畔的貓

下巴抵著胸口蜷成一團

鬍子朝天後脖頸消失不見

脊椎和胸骨扭曲成一架豎琴

顏色滴了一臉

髖骨戳進肚子正把臟腑磨碎

臀部撐起全身重量

雙腳無處擺放

前胸的皮肉被拉長

後背卻成了僵硬的皺褶

我變成了敘利亞弓一張」

詩文之外還有呼號，拜託老友前來營救，救救他那些「瀕臨死亡」的畫！

那是一個寫詩如同吃飯一樣稀鬆平常的時代。喬萬尼當然知道米開朗基羅的辛苦，但是他更知道，這位老友有著怎樣不屈不撓的性格，有著怎樣頑強奮戰的勇氣，又有著怎樣豐沛的才華。再苦再難，他都會完成這個艱難的工程。喬萬尼珍惜老友的書信字畫，仔細地收藏了起來……。

《描述繪製西斯汀禮拜堂穹頂溼壁畫之自畫像以及手寫十四行詩》

Self Portrait in the Act of Painting the Sistine Chapel Ceiling with a Sonnet in the Artist's Handwriting，1509 年 6 月

這是一封用棕色墨水書寫的信件，用一首十四行詩描述繪製西斯汀禮拜堂溼壁畫的艱辛。米開朗基羅曾經自嘲他的詩歌過於粗糙簡陋，現代人看來卻是寫實、生動而詼諧的。詩文空白處，米開朗基羅畫了一幅自畫像，形象表達出仰面作畫的型態。

　　在梵諦岡，不是完全沒有人注意米開朗基羅。每天，他板著臉、跛著腳、悶聲不響一瘸一拐地出出進進、上上下下，時間長了，引發廣泛的同情。司庫給他薪水，要他在收據上簽字的時候，他需要仰面朝天才能夠看清楚收據上的文字和數字。司庫在同教皇見面的時候，輕聲說道，「那個畫師快要殘廢了……」一向不動如山的教皇高高挑起了眉毛……。

　　距離西斯汀禮拜堂不遠處，有一間屬於教皇專用的精緻、輝煌的廳堂。二十七歲的拉斐爾，人見人愛的拉斐爾正在那間廳堂裡繪製《雅典學院》。他很清楚，米開朗基羅比自己只大八歲，但是他憔悴得那麼厲害，比自己的父親看上去還要蒼老。他也知道，米開朗基羅絕對不准任何人到鷹架上去看他未完成的作品。但是，拉斐爾心裡有著一種衝動，強烈感覺到米開朗基羅不同凡響的意志與精神，他覺得他需要同這位少言寡語的同行談一談。這一天，禮拜堂無人議事，空空蕩蕩。拉斐爾走到鷹架下面耐心地等待……。忽然之間，穹頂下異聲大作，什麼東西沉重地掉在鷹架上，灰塵

▲《德爾菲女祭司》

Sibylle de Delphes，1509-1512

德爾菲位於希臘，是太陽神阿波羅發出神諭的神聖之地，與基督教聖經故事無涉。米開朗基羅極其英勇地在十六世紀初將多神「異教」帶入羅馬教廷的中心，繪製了美麗睿智的德爾菲女祭司，她正打開神諭，她看到了未來的悲慘世界，眼神端凝而憂鬱。

◀《創造亞當》

Création d' Adam，1509-1512

這幅作品的面積將近十八平方公尺，神與人的兩隻手道盡了神的力量與希冀，也道盡了人的無力、徬徨與軟弱。數百年來，這兩隻手幾乎成為一個符號，象徵著昇華的可能性。米開朗基羅在這兩隻手的周圍留下了大量的「空白」，使得畫面對觀者產生的震撼更為持久。

紛紛落下。拉斐爾勉強按捺住自己跳上鷹架施以援手的衝動，不久，米開朗基羅拎著一包棉布包裹的重物艱難地出現在木梯上，拉斐爾作了一個手勢，候在門邊的助手飛奔而至，兩隻手同時伸出，接過了米開朗基羅手中的重物。米開朗基羅艱難地下望，看到了拉斐爾澄澈的目光。米開朗基羅跟那助手說，「丟掉」，助手馬上帶著那包東西快步離開了。

拉斐爾沒有離開，他緊緊抓住木梯艱難地開口，「我可以上去一下嗎？」他緊張地等待著米開朗基羅火爆地將他趕出去。但是，這一天，米開朗基羅沒有了脾氣，他只是簡單地點了點頭。拉斐爾迅速地踏上木梯，當他的頭剛剛冒出鷹架的時候，當他的視線剛剛同德爾菲女祭司的目光相遇的時候，如同遭到了雷擊，幾乎暈眩過去。但他畢竟知道如此機會今生只有一次，他躍起身子跳上鷹架，轉身將鷹架入口的布幕蓋好，抬起頭來直接地面對了兩隻手，神的手和亞當的手，一隻手充滿力量，一隻手困惑茫然，那兩隻手眼看就要接觸到了，偉大的片刻即將來臨……。拉斐爾目瞪口呆，心

臟劇烈跳動，再也站立不穩……。

　　言語在此時完全失去了意義，米開朗基羅坐在鷹架上，靜靜地看著拉斐爾，拉斐爾完全沒有注意到米開朗基羅炯炯的目光，他只是順著那兩隻手去感受世間沒有任何人有機會感受到的強烈震撼，他還看到了一個事實，米開朗基羅的畫面極其簡約，沒有任何多餘的枝蔓，如同雕刻一樣的精準。畫幅四角的裸男表情各異，強化了對畫面的情緒張力，有如戲劇……。

　　拉斐爾的教養讓他懂得適可而止的道理，他恭敬地向米開朗基羅道謝，米開朗基羅回以一個溫和的微笑，那個微笑同樣地撼動人心。順著木梯，拉斐爾幾乎是跌到了禮拜堂的地面上。助手一把拉起他，兩人匆匆返回自己的工作間。拉斐爾站在自己的畫前，《雅典學院》的畫面中間，離觀者最近的地方是哲人赫拉克利特（Heraclitus），他正在低頭思考中，似乎是思緒過於沉重，左手托住的臉頰在太陽穴周圍出現皺褶；右手執筆停留在文稿上，穿著長統靴子的雙腿交

疊，處在一個不很舒服的位置。拉斐爾手中的畫筆迅速移動，

給了這位哲人深色的頭髮、深色的鬍鬚、溫和睿智的面容。

站在拉斐爾身後的助手一眼就看穿，拉斐爾賦予赫拉克利特

以米開朗基羅的外型、容貌，連那一雙幾乎從不脫下的靴子

都有一個顯著的位置，再加上那一個很不尋常的表情，想來，

《大洪水》

Le Déluge，1509-1512

這是一個非常複雜的畫面，人物眾多。漂浮於水上的方舟已經緊緊關閉，人們還在想方設法攀爬至邊緣，希望能夠獲救。其他無論是在懸岩上、在樹上或是在高地上暫時無傷的人，或是已然落水的人都是滿臉悲傷、絕望，但他們似乎不知洪水為何而來，米開朗基羅毫不留情地描畫出人類的無知與虛妄。

拉斐爾的穹頂之旅頗為順利。助手又想，這位哲人性格孤僻，沒有朋友也沒有女人，生活清苦，像極了梵諦岡的米開朗基羅。拉斐爾心想，赫拉克利特是一位讓人在心靈上感覺親近的哲人；自己在這一天看到了米開朗基羅的偉大，也感覺到了米開朗基羅的可親之處，這樣的感受是要留下來的，留在畫作裡當然是最好的處置。兩人各懷心事都沒有說話。

待拉斐爾停下筆來，他問助手，「那包東西你丟掉了？」助手簡短回答，「丟掉了，那塊棉布包裹我收拾乾淨疊放整齊放在木梯下面了。」拉斐爾點點頭，「很好。」眼光卻帶著詢問。助手壓低聲音，「一塊灰藍色的畫面，發霉了，被剷掉，鏟得很澈底，連原來穹頂的深藍色都被剷掉了……」。拉斐爾神色嚴厲，「不准同任何人提起。」助手端容受命，閉緊了嘴巴。

禮拜堂的鷹架上，米開朗基羅雙手迅速動作著，恢復了那塊被剷掉的灰泥牆面。確實，由於陰雨，灰泥乾燥的時間延長了，自己過於心急，未等那最佳時間到來就動手繪製，

結果《大洪水》畫面中的一小部分發霉了，出現了綠色的斑點。被澈底清除後的牆面現在已經修補得天衣無縫，米開朗基羅放下泥刀，拿起畫筆走到剛才拉斐爾跌坐下來的地方，看著頭頂上《創造亞當》的畫面，眼前晃動著拉斐爾澄澈的眼神。他在亞當的眼睛裡點了一些天青色，亞當的眼睛顯出了天真。很好，米開朗基羅滿意地笑了，「天真，很好」。順著神的右手看到祂的左手，看到祂挽著的夏娃，夏娃眼中的驚恐……。米開朗基羅很滿意，驚恐，對不可知的命運的驚恐，同亞當的天真正好形成對比。米開朗基羅真的不需要同任何人對話，他內心所有的情感都可以透過創作得到抒發。他想到了拉斐爾，想到拉斐爾在那麼短的時間裡不可能想清楚神的身邊那個「女人」便是夏娃。他笑了，滿心舒暢。

　　這一天，工作結束之時，米開朗基羅走下木梯，看到摺疊整齊的棉布，順手拿了起來，慢慢地走出禮拜堂，走回住處。這一晚，他需要研磨更多的顏料，用來完成《大洪水》的畫面，那是第二天的進度之一。

《西斯汀禮拜堂穹頂》局部

Ceiling of the Sistine Chapel，
1512 年 10 月 31 日

三十七歲的雕塑家米開朗基羅獨力完成了他花費四年時間繪製的生平第一幅包括三百四十三個人物的溼壁畫。有史以來，最偉大的一幅溼壁畫。四百年後，這一幅溼壁畫在二十世紀末得到了最為完善的修復，重現了米開朗基羅留下的輝煌。

　　終於，四年的孤軍奮戰到了結束的一天，西元一五一二年十月三十日夜間，米開朗基羅最後一次嚴格審視著自己四年多來的工作結果，感覺到一種無懈可擊的完美，鬆了一口氣，將覆蓋在鷹架上的幕布揭去，站在木梯下的工匠們悄無聲息地動起手來，鷹架被拆除，堅實的木柱一根根被搬運出去。曦光將要照亮莊嚴、燦爛的西斯汀禮拜堂的時候，這裡已經沒有一個人影，進入禮拜堂的大門靜靜地關閉著。

　　米開朗基羅來到了住處附近的大理石堆放處，他站著，伸開雙臂，擁抱著一塊石頭。他的額頭抵著石頭，感覺著石頭的心跳，輕聲細語，「很快，很快你就能離開囚籠獲得自由了……」淚眼模糊中，他看到了一個奴隸脣邊慘然的微笑。他走了，在地平線上出現了一絲玫瑰紅的時候，他已經離開羅馬，一人一騎，走在返回佛羅倫薩的路上。

　　教堂執事推開了西斯汀禮拜堂沉重的大門，馬賽克地面泛著光澤，一切都很好；又很奇怪，這個禮拜堂似乎閃耀著金色的光芒。執事在胸前畫了一個十字，向周遭看去，只見

大堂內似乎明亮了很多，並無異狀。但是，那幾架顫巍巍的木梯哪裡去了？那些「醜陋」的木頭柱子哪裡去了？正惶惑間，無意中抬起頭來，執事只感覺頭暈眼花，不等細看便腳步踉蹌地奔出門去……。

年老體衰的朱利阿斯二世來了，梵諦岡的紅衣主教們都來了，已經完成了《雅典學院》的拉斐爾也來了。人們都在胸前畫著十字，沒有人開口，沒有人交談。人們呆立著。良久，教皇嘆息道，「可惜，忠誠的布拉曼蒂去世了，沒能見到……」。生平第一次，不可一世的教皇辭窮了，找不到合適的詞彙來形容他見到的奇蹟，一個人創造的奇蹟。

利用木柱撐持鷹架的設計從此開始流行，大大小小的許多穹頂畫在米開朗基羅繪製西斯汀穹頂畫之後都沿用了這個設計。

8

　米開朗基羅沉浸在深深的憂鬱中，佛羅倫薩的冬天加深
了他的憂鬱。他的話更少了，他沉入深切的思念，惦記著已
經開始雕刻的《摩西》，惦記著還被石頭禁錮著的《奴隸》，
夜間，他會聽到奴隸無聲的哀號，看到他們憂戚的面容，驚
醒之時，他感覺到脊背、關節椎心的刺痛。他喘息著，大睜
著雙眼等候天明。

　西元一五一三年二月，朱利阿斯二世病逝，未等選出新
的教皇，羅馬教廷便將朱利阿斯二世的陵寢工程再次提上了
日程，緊急徵召米開朗基羅趕赴羅馬。很快，羅馬教廷同米
開朗基羅簽訂了第二份合同，要求他完成一個比較小的陵寢
設計，這個陵寢不再是巨大的立方體，而將是一個貼牆站立
的雕刻作品。合同也要求米開朗基羅完成其中主要的雕刻。

　　羅馬教廷在這一年的三月十一日順利選出新的教皇利奧十世（Pope Leo X），他不但是米開朗基羅的同鄉，而且兩個人同年，他是照顧過自己的羅倫佐・梅迪奇的二兒子。照理說，應當算是熟悉的，但是，這位梅迪奇的成長過程大為不同，與米開朗基羅沒有什麼交集。當初，羅倫佐正當盛年，梅迪奇家族的事業幾乎被教廷摧毀，所以他深切體會到為了家族的安全，一定要有一個自己家族的成員在教廷內環的聖教團，這樣才能夠得到襄助。羅倫佐的二兒子正是一個合適的人選，這個孩子從小受到極好的教育，在學者、詩人、政治家、哲學家中間長大；七歲被授僧職，八歲擔任法蘭西杜斯堡修道院院長並且代理教皇職務，九歲擔任巴西納諾修道院院長，十一歲擔任蒙特卡西諾修道院院長，十四歲受任紅衣主教，十六歲正式獲准加入羅馬的聖教團。就在這之後極短的日子裡。羅倫佐去世。梅迪奇家族在佛羅倫薩的統治被推翻，梅迪奇的敵人薩佛納羅拉不給他任何的機會，他只好四處逃亡，直到西元一五○○年才在羅馬住了下來。他不

但富有而且樂善好施，廣結人緣。朱利阿斯二世喜歡他，一五一一年命他持節統轄波隆那和羅曼納。在戰場上，年輕的紅衣主教赤手空拳徒步穿梭於刀槍劍戟之中，奔走呼號鼓舞士氣。之後，便同兄長一道致力於恢復梅迪奇家族在佛羅倫薩的事業與聲望。一五一三年二月，朱利阿斯二世去世，那時這位紅衣主教已經有十六個聖俸，奉召前往羅馬，參與選舉新教皇。

羅倫佐的二兒子在三十七歲的時候被選為新教皇利奧十世，大家都高興，因為他厭惡戰爭，逍遙而善良，機敏又謙虛，而且他是那樣的慷慨大度，熱愛著文學與藝術。在他治下，教廷大力蒐購古籍、藝術品。一時之間，詩人、雕塑家、畫家、金匠都歡欣鼓舞起來，快樂的教皇帶給他們和平與希望。

利奧十世尤其喜歡珠寶、小畫像、精緻的小擺設，他不怎麼喜歡需要站著觀看或者需要長途跋涉才能欣賞的大型藝術品。許多人納悶，不知這是什麼緣故？說穿了其實很簡

單，長期的流亡生活給這位年輕的教皇留下了嚴重的痔瘡，他不方便走路也不方便長時間站立。

因此，利奧十世很少會出現在米開朗基羅的雕刻工地。對於米開朗基羅來說，他並不覺得這是什麼嚴重的事情。朱利阿斯二世在遺囑中明確說明，其陵寢要米開朗基羅來完成，而且教皇留下了兩千萬金幣，應當是綽綽有餘了。眼下，他有一個不錯的地方可以住，有他心愛的工作在進行中，薪水也相當可觀，大理石已經齊備，他不必東奔西跑，能夠專心致志，便很滿意。他的思緒完全集中在雕刻上，情緒的大起大落也全都與雕刻相關。

將《奴隸》從石頭裡釋放出來自然是首要的任務，在他一五一三年重新設計的陵寢正面圖中，我們看到，這座陵寢分為上下兩層，下層左側是站立著的兩個奴隸，上層的右側則是端坐著的摩西（Moses），摩西的頭部向左方扭轉，視線便投向他的左側，正好與奴隸所站立的位置完全相反，似乎有著一種不忍觀看的味道。而一種被忽視、被擱置的感覺

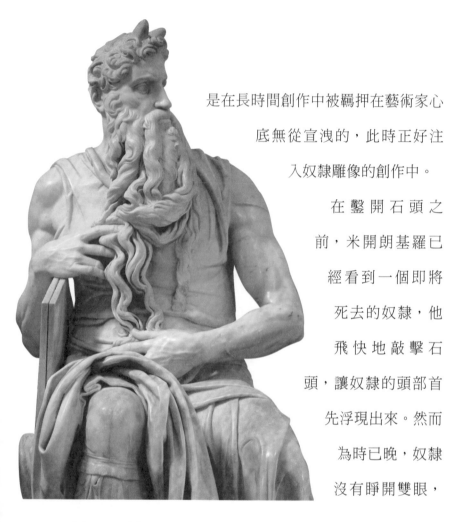

是在長時間創作中被羈押在藝術家心底無從宣洩的，此時正好注入奴隸雕像的創作中。

在鑿開石頭之前，米開朗基羅已經看到一個即將死去的奴隸，他飛快地敲擊石頭，讓奴隸的頭部首先浮現出來。然而為時已晚，奴隸沒有睜開雙眼，

《摩西坐像》細部

Moses，1513-1515

米開朗基羅為教皇朱利阿斯二世設計的陵寢一波三折，最終留下來的雕刻作品中，最重要的便是這尊摩西的坐像，先知摩西的右臂右手，將寫有律法的石板緊緊貼住自己的胸部，表達出他堅定不移的信仰。希伯來人的領袖摩西莊重的面容、炯炯的眼神又表達出他對人間世愛恨交織的複雜情感。

他似乎是滿意著自己的解脫，不再負重、不再遭受屈辱，他能夠靜靜地「享受」離去的愉悅。他的傷痕累累的手撩起衣衫，撫摸著已然靜止的胸部。米開朗基羅精雕細琢，奴隸手腕手臂上的傷痕清晰描摩出他生前的遭際。米開朗基羅在他的鑿子上注入了強烈的情感，不得已而為之的工作，就像剛剛結束不久的西斯汀禮拜堂穹頂畫一樣，奪去他四年多的時間，幾乎使他殘廢。但他不能拒絕，不能抗拒，不能說不！他捫心自問，真的不能說不嗎？他自己已經是知名藝術家，

他不能將自己的聲名付諸東流吧？念及此，鑿子的運轉便溫柔了許多。

《瀕死的奴隸》
The Dying Slave，1513

這座雕像所傳遞的臨死時的愉悅，充分展現出米開朗基羅對自由的嚮往，以及對於自由的深層理解。這位將死的奴隸對苦難的人生沒有任何的留戀。米開朗基羅充分展現出這位奴隸形體本身的美好，以及奴役者加諸於上的摧殘。

　　另外一尊雕像，全然相反，米開朗基羅聽到的是戰鼓般的心跳，鑿子挫開石頭的瞬間，他看到的是一雙冒著火的眼睛。他幾乎看到了自己！反叛沒有成功，奴隸的雙手被緊緊地綑縛在背後，左肩倔強地朝前扭曲著，似乎極力要掙扎出綑綁。奴隸的雙腳穩穩地站立著，右膝彎曲，是一個隨時準備飛奔而去的姿勢。這是米開朗基羅多少年來靈魂深處的意念，他深情地揮動鎚子，精準地將意念注入手中的鑿子。

　　這樣矛盾的心理、情感被注入到摩西的坐像裡，傳達出的複雜心態引發後世無窮的議論。米開朗基羅熟悉《聖經舊約》，在這部經書裡，先知摩西的名字被提到七百六十七次之多，他是希伯來人的領袖，卻從小生活在埃及法老的宮殿中，學得了埃及一切的知識。當他終於知道自己是希伯來人之後，因為看不下去埃及人對希伯來人的凌辱憤而殺了一個暴虐的埃及人，逃亡到米甸。在那裡，神告訴他，他將帶領希伯來人離開埃及來到應許之地。當他真的帶領在埃及終生為奴的希伯來人離開埃及奔向西奈的時候，前有狂濤翻捲的

蘆葦海，後有埃及的追兵。神為他分開了海水、露出了平地，他帶領兩百萬希伯來人走了過去，追兵也跟了過來，海水卻合攏了，將追兵埋葬於海底。然而，前往迦南的道路並不平坦，不信神的希伯來人怨聲載道，摩西無法可想，來到西奈山上請求神的指示，寫在石板上的律法經過了四十年整整一代人的掙扎，終於成為希伯來民族信仰的基礎。以色列的誕生也就使得人類的歷史翻開了新的一頁。

摩西的憤怒、無奈與不平以及他由於信仰而產生的巨大的克制力成為摩西這位先知、這位領袖複雜的精神世界的兩個重要的方面。米開朗基羅的雕刻絲絲入扣地表達出這兩種迥然不同的氣質。

陵寢的設計，一而再，再而三。一五三二年的設計中，奴隸們還在設計圖的下層占據著顯要位置，但是最終，一五四五年，這座陵寢完工之時，留下來的，居於正中位置上的雕刻是米開朗基羅的傑作《摩西坐像》，而奴隸們則消失於不同的博物館。直到最終，奴隸們停留在巴黎羅浮宮成

為永久的典藏。

　　米開朗基羅是多麼的希望他能夠遠離紛擾，專心致志，將朱利阿斯二世的陵寢完成。他最不樂意的事情就是再次碰到朝令夕改的教皇，讓他不能安靜地把一件作品澈底完成。利奧十世給他的安寧相當有限，教皇終於想起他來了，而且教皇已經有了新的計畫。他把米開朗基羅找來，和顏悅色地說出他的計畫。在佛羅倫薩聖羅倫佐教堂（Cloister of the Basilica di San Lorenzo di Firenze）的墓園裡有一個梅迪奇家族的地下墓室。利奧十世很想把這個教堂重新整修一番，裝上一個體面的正門，以對得起梅迪奇家族的先人。這樣的工程自然是委託給米開朗基羅才能達成最佳效果。米開朗基羅先是感謝了教皇的信任，然後很慎重地表示，他正在製作的朱利阿斯二世陵寢一共有三十二座雕像，合約尚未完成，他不敢接受新的合約。沒有想到，利奧十世胸有成竹，他希望米開朗基羅回佛羅倫薩工作，一邊設計教堂正門，一邊完成陵寢所需要的雕像，雕像完成之後再派人送回羅馬就可以

《反叛的奴隸》

Rebel Slave，1513

這座雕像飽含米開朗基羅本人
內心強烈的反叛意識。他多麼
不情願使用畫筆而非使用鎚子
和鑿子，但是他不得不俯首聽
命。高貴的藝術家的靈魂透過
這座雕像發出憤怒的呼號，清
晰地表達了被壓抑的無奈以及
對自由的無懈追求。

了。「這樣兩個合約同時進行，不是就沒有問題了嗎？再說，這麼多年來，梅迪奇家族可沒有虧待你啊！」話說到這個地步，米開朗基羅知道，他自己正是那個反叛不成再次被綑綁住了的奴隸，他逃不掉的。就算他抗命留在羅馬，利奧十世讓人停止發他薪水易如反掌，他能夠不吃不喝繼續創作嗎？答案是那麼明顯，他只好屈服。

　　米開朗基羅回到他的雕刻工地，在教堂巨大的陰影下面，看著他的那些尚未開工的奴隸雕像，內心淒苦。他無力真正解救他們，他同他們一樣的身不由己。在漆黑的暗夜中，在他不得不離開的時候，他撫摸著這些石頭，裡面或蹲或站或負重仍然被禁錮著的奴隸只有心跳沒有聲息。米開朗基羅喃喃說道，「我會完成……」話未說完，他猛醒，「什麼是完成？」這個問題帶給他巨大的震動，他呆立原地，感覺著奴隸們正在聚集著力量，如同熔岩在火山爆發前強有力的湧動。

　　數百年來，後世藝術家們多次熱議這個問題，對許多

人們認為「未完成」的作品展開討論。馬諦斯（Henri Matisse）的畫室裡長年有著一件複製品，正是十六世紀初葉米開朗基羅基於各種原因未能完成的奴隸們中的一件，馬諦斯每天面對著這件傑作，感受著藝術家蘊藏其中的複雜情感，將之視為引導，轉移到自己的創作中去。這些「未完成」的作品不斷地出現在世人面前，強烈地影響著一代又一代的藝術家，影響著一個又一個藝術潮流。

　　米開朗基羅慘痛的創作經驗同他輝煌的成就所形成的詭異的對比，使得人們更能夠體會這樣一位偉大藝術家內心狂烈的風暴。

　　帶著準備製作雕像的石頭，米開朗基羅離開羅馬，回到佛羅倫薩，去為梅迪奇家族的教皇們設計教堂的正門。他幾乎再也沒有任何休息的時間，奴隸們安心地等待。夜深人靜的時候，佛羅倫薩人常常聽到鑿石的噹噹聲，米開朗基羅陸陸續續，將四位奴隸解救出來。這些作品似乎從未真正「完成」，但是他們一直陪伴著米開朗基羅，從未離開他的身邊，

成為他的慰藉，成為他吐露心聲的對象。

用「忍辱負重」這樣四個字來形容米開朗基羅這些年的生活並不過分。佛羅倫薩聖羅倫佐教堂正門的模型已經完成並送交羅馬之後，米開朗基羅便要為這個工程準備石材，卡拉拉採石場的開採、運輸都已經有了規模，米開朗基羅也

《負重的阿特拉斯》
Atlas Slave，1515-1519
阿特拉斯是希臘神話中的一位泰坦（Titan），新神族降臨之前的大力神，因為反抗宙斯而被罰在世界的最西邊用肩膀高舉蒼天。祂的圖騰常常是祂肩負著整個地球。直到今天，英文 Atlas 的意思仍然是「地圖集」。這座雕像是米開朗基羅著名的「未完成」四奴隸之一，阿特拉斯背負蒼天的困頓正是米開朗基羅忍辱負重的寫照。

熟悉整個的流程。但是利奧十世卻命令米開朗基羅開闢新的採石場，地點在彼得拉桑塔山（Pietrasanta）。這裡的山勢極為險峻，道路更是曲折難行，沉重而巨大的石材要靠牛車搬運，其艱難真是步步驚魂。一五一九年四月十七日，在山路上，綑綁石材的鐵鍊突然斷裂，石材滾下懸崖之前險險乎將米開朗基羅砸死。藝術家同他的夥伴們的開採工作根本就是搏命。當石材滾落山澗碎成數百片的時候，米開朗基羅完

全忘記了自己剛剛身臨險境，只是痛惜著夥伴們的生命與傷痛，還有這些未曾雕琢的美麗的石頭。

《聖羅倫佐教堂正門模型》

San Lorenzo Wooden Model，1517

這座模型幾乎是一面鏡子，反映出雕刻與建築融為一體之時所能夠展現出的莊嚴，肅穆，恢弘。米開朗基羅對這個設計曾經寄予厚望，希望能夠成就一件傳世的優秀作品。結果，卻被剛愎自用的利奧十世漫不經心地取消了。

　　這個時候，米開朗基羅已經是中年人，西元一五一九年、一五二〇年，達文西同拉斐爾相繼去世，米開朗基羅幾乎成了義大利一切重要藝術事業的唯一選擇。早在一五一三年他曾經為梅迪奇宮設計過一個美麗的窗戶，又在一五一五年為聖安吉羅的一個小教堂設計了一扇美麗的大門。這一切都令人印象極為深刻，人們議論著，這位雕塑家不但是畫家，還是建築師呢。佛羅倫薩的紅衣主教朱利奧・梅迪奇（Giulio Medici）在一五二三年十一月十九日被教廷選為教皇克利門特七世（Pope Clement VII），他馬上徵召米開朗基羅進行兩項工程，一個是梅迪奇禮拜堂（the Medici Chapel），一個是聖羅倫佐圖書館（the Laurentian Library）。身為梅迪奇家族的成員，克利門特七世自我感覺良好，聖羅倫佐教堂、梅迪奇禮拜堂、聖羅倫佐圖書館三座宏偉的建築連結在一起，三位一體，將是多麼的壯觀啊。

　　此時，米開朗基羅卻在羅馬，正再次投身於朱利阿斯二世的陵寢工程。因為佛羅倫薩聖羅倫佐教堂大門的工程莫名

其妙地在一五二〇年三月被解約了。不但是那莊嚴肅穆的設計被擱置了，連那些用性命換來的石材也被擱置了。米開朗基羅再次陷入深沉的苦痛之中。

朱利阿斯二世家族後裔當然不願意米開朗基羅再次丟下陵寢工程而去開始兩件天曉得何時才能完成的工程。但是，他們的力量卻遠遠不敵剛剛上任的新教皇，他們只能眼睜睜地看著米開朗基羅離開羅馬返回佛羅倫薩。他們能夠使出的報復手段只是一再地剋扣米開朗基羅應該得到的報酬，積欠曾高達五千金幣以上，當然，這同老教皇留下的天文數字的資產相比較，連零頭也沒有。

這時的米開朗基羅雖然已經是藝術大師，聲名遠播。但是依然不修邊幅，生活清苦。人們這樣形容他，「身材中等、寬肩、瘦削、頭大、眉高、雙耳突出、長臉上表情憂鬱、鼻梁低而扁、眼睛小而銳利、頭髮與鬍子皆已灰白……」。但是，這位沉默寡言的藝術家卻依然精力充沛，意志過人。頑強的意志調集起源源不絕的精力，使這位天才在無數的磨難

中依然光芒四射。就在最苦痛的日子裡他仍然為一位私人收藏家完成了一座雕像《站立起來的耶穌》，充分表達出他不肯屈服的強韌個性。

《站立起來的耶穌》
The Risen Christ，1519-1520

西元十六世紀，有關耶穌的藝術品都是非常完美的，米開朗基羅認為這尊雕像不夠完美，尤其是膝蓋部分。後世藝術家、評論界卻對這尊雕像評價極高，耶穌的左臂右腿的動作使得整個雕像栩栩如生，耶穌從墓穴走上地面的情境生動展現。環抱十字架的修長手指分張，有力地表達了耶穌的永生。從雕像左側觀察更可以看到耶穌對信仰的堅定不移。

9

　　這是死亡之地，梅迪奇家族要在禮拜堂內放置兩位不久前去世的家族成員的陵墓，他們是偉大的羅倫佐的子孫，其業績、成就與個性遠遠不及前人。米開朗基羅非常清楚這兩個不怎麼樣的梅迪奇絕對不值得他大費周章，但是，他會全力以赴，不是為了梅迪奇，而是為了雕刻藝術同建築藝術融於一爐的一個新的高峰。禮拜堂設計的頂部是一個透光的圓頂，下面一層有四個高窗，再下面一層有八個高窗，最後，大廳的四面如此安置，祭壇與三座雕像遙遙相對，爾比諾公爵（Lorenzo, Duke of Urbino）與尼莫爾公爵（Guiliano, Duke of Nemours）的陵墓遙遙相對。其他，一切從簡。

　　面對這樣的設計，米開朗基羅看到了從高處灑進來的溫暖的光華，那是生命的象徵，禮拜堂的底部是死亡，在生

與死之間的是時間，時間才是主宰，才是不可戰勝的。將近五十歲，歷盡磨難的米開朗基羅撫摸著自己痠痛的膝蓋、好像已經折裂的肩膀苦笑著，「歲月不饒人」的想法第一次出現在他的意識裡。

聖羅倫佐圖書館的功用是收藏與展示梅迪奇家族多年來蒐集的珍本書、手稿、文件，其中有大量的羅倫佐早年的收藏。在米開朗基羅的少年時代，美好的記憶總是同羅倫佐相聯繫，但是近年來，已經不是那麼回事了，尤其是同梅迪奇家族的教皇們相處，何其艱難。每念及此，米開朗基羅的心就糾成了一團。但是，偉大的羅倫佐畢竟帶給米開朗基羅許多的溫暖，因此在設計這座圖書館的時候，米開朗基羅趕走了思緒中的憂鬱、陰暗、窒息、緊張，而給予了這座建築莊嚴、美麗與高貴。大門外的階梯尤其富於創意，分為三個部分，像極了正在凝固中的火山熔岩正在鋪天蓋地而來。那熔岩集中了藝術家強烈的自信，也集中了藝術家內心的悲憤、痛苦與吶喊。整座複合式階梯充滿了力量，如同音樂、如同

雕刻一樣傾訴著偉大的主題。

在這樣起起落落複雜多變的情緒裡，米開朗基羅再次調動其凡人無法企及的意志力，創作了一件偉大的作品《聖母子》。年輕的聖母美麗高貴端莊的儀容下面隱含著一絲憂鬱，似乎是看到了這個孩子將來的備受煎熬。聖母兩腿交疊，抱著自己的孩子，孩子扭轉身軀移向母親的胸部。這幾乎是人世間每一個孩子都會做的事情，鑽到母親懷裡，尋求愛與保護。從小，在養母身邊得到母愛的少年米開朗基羅生命中三個愛過他的女人，他的生母、養母、繼母給他的愛都是短暫的，也都是刻骨銘心的。米開朗基羅在這座雕像裡傳遞出一種高潔的孺慕之情。這件作品耗時十年，期間發生了許多事情，甚至發生了戰爭。這一次，前來攻打佛羅倫薩的竟然是教皇克利門特七世，因為佛羅倫薩又一次施行了短暫的共和，又一次推翻了梅迪奇的統治。為了保衛心愛的故鄉，米開朗基羅竟然接受反抗軍的邀約，擔任了防禦工事的設計師以及建築防禦工事的總指揮。這是一段遠離藝術的日

子，但是，卻是他又一次同佛羅倫薩民眾同生死共患難的歷程。

戰事結束，教皇再次獲勝，米開朗基羅逃亡威尼斯。佛羅倫薩的執政官一心一意要取米開朗基羅的性命。教皇卻懂得這位偉大的藝術家的價值，明言說，只要米開朗基羅回到佛羅倫薩繼續梅迪奇禮拜堂的設計，便「既往不咎」。

米開朗基羅回來了，沒有任何的言語，面對著《聖母子》的雕像，他的眼神同聖母的眼神一樣帶著一絲憂鬱，憂鬱著佛羅倫薩又一次遭到戰火的荼毒。但是，在內心深處更多的卻是堅定的信念。因為他深切地了解，他能夠在任何艱

《聖羅倫佐圖書館》

The Laurentian Library

1524年完成設計，1526年完成主體工程，1556年大門前的階梯才全部完工。那時候，米開朗基羅已經八十一歲了，而且也早已離開佛羅倫薩。他沒能夠親手將他的設計付諸實施。

難困苦的狀況下完成真正傳世的作品，一而再，再而三，不僅僅因為他是天才，更重要的是他的信仰，他取之不盡的力量來自堅定的信仰，來自愛。

一五三〇年，在佛羅倫薩，在米開朗基羅雕刻工地的邊緣，發生了一件小事，這件小事使得米開朗基羅的生活發生了一些改變。這一天，他發現在不遠處，在一堆被削下來的石塊之間，有一個少年人正蜷著身子蹲坐在那裡聚精會神地用一把鎚子一把鑿子小心翼翼地敲擊著石頭。

《聖母子》
Madonna and Child，1524-1534
1534年，米開朗基羅再次返回羅馬之後，這座重要的雕像被安置在佛羅倫薩梅迪奇禮拜堂祭壇的正對面。米開朗基羅沒有時間和機會完成祭壇對面的三座雕像，《聖母子》是其中唯一的米開朗基羅作品，也是其中最傑出的作品。

他是那樣地專注，根本沒有發現米開朗基羅已經走到了他的身邊。米開朗基羅一眼就看到了少年骨骼亭勻，異常健美。他饒有興致地看著少年鑿石頭，鎚子無疑太小而鑿子無疑過大，但是少年興致不減，仍然忙得不亦樂乎。米開朗基羅開口問道，「你在做什麼？」少年頭也不抬繼續敲敲打打，「我看見了一隻腳，我要把它挖出來⋯⋯」。聽到這句話，米開朗基羅壓抑住內心的狂喜，靜靜地站在那裡等待著⋯⋯。終於，少年驚跳了起來，「對不起，大師，也許，我不可以碰這裡的石頭⋯⋯」他滿臉驚恐地望著站在自己面前的雕刻大師，雙手垂下等候發落。他不知道，聽到了自己這樣認真地說出來的一句話，米開朗基羅有多麼的歡喜。雕刻大師心平氣和地端詳著站在自己面前的少年。

米開朗基羅幾乎是看到了被毀容前的自己，少年滿臉的粉塵遮掩不住他的俊美。少年衣衫破舊，手臂上、腿上傷痕累累，赤腳被尖銳的石塊劃得鮮血淋漓。少年對自己的破衣爛衫被這雙銳利的眼睛這樣子的仔細觀察，感覺非常不好意

思，下意識地垂下眼睛，用骯髒的手背在臉上抹了一把，顯出他覥腆的一面。米開朗基羅和顏悅色地問他，願不願意在這裡工作。少年抬起頭來，喜不自勝地說，當然願意啊。米開朗基羅問少年要不要告訴家裡人一聲，免得他們掛記。少年低下頭去，「我沒有家裡人了」。米開朗基羅二話不說，一把摟住少年的肩膀，感覺到他的肩胛骨尖銳得扎手，帶他回家。這是在米開朗基羅長長的一生中，幾乎是唯一的一次，他放下手裡的工作去照料一個人的衣食住行。

洗了澡、穿上了乾淨的衣服鞋襪，少年走進了餐室，看到了依然不修邊幅的米開朗基羅，笑了起來，似乎是在說，「您看，您把我收拾乾淨了，您自己還是一身灰塵」。那笑容之純真之美麗讓米開朗基羅大為開心，他也去把自己整理了一番，這才同少年一道坐下來，開始狼吞虎嚥。

這位十五歲的少年就是阿瑪杜利（Francesco degli Amadori），有時候，米開朗基羅叫他爾比諾（Urbino），一個佛羅倫薩男子最普通的名字。他成為米開朗基羅忠誠的僕

人、一絲不苟的助手。他為米開朗基羅工作了整整二十五年，直到他四十歲時生命的終了。米開朗基羅在遇到阿瑪杜利的時候已經五十五歲，感覺著自己已經是一個「老人」，忽然之間，上帝為他送來一位美少年，真正是太幸福的一件事。他珍惜這遲來的幸福，善待阿瑪杜利，甚至使得這位僕人發財致富。阿瑪杜利有始有終不但沒有辜負米開朗基羅的信任，全心全意照顧著米開朗基羅的生活與工作，而且他也是非常崇拜這位大師的，不僅崇拜他的天才，也崇拜他的精力，比自己年長四十歲的大師，敲起石頭來，又快又準，自己無論如何都趕不上。這樣的事實也讓米開朗基羅開心不已，歲月沒有將他的精力耗盡，他仍然遠遠勝過比他年輕得多的人，這是多麼令人欣慰的事情啊！更何況，阿瑪杜利不禁賞心，更是悅目，青年、壯年時期的阿瑪杜利舉手投足之間展現的男性美，總是令米開朗基羅心曠神怡，衷心喜悅。

在這樣的心情裡，米開朗基羅創造了《蹲踞著的男孩》，這樣一件「未完成」的作品略抒情懷。少年阿瑪杜利畢竟年

少，看到自己的樣子被大師刻了出來，很不好意思，他最喜歡在《聖母子》身邊打轉，仔細地觀察大師留下的每一道刻痕。

在他跟隨米開朗基羅前往羅馬的前夕，知道《聖母子》將留在佛羅倫薩，他依依不捨地請求道，「我可不可以摸一下聖母的腳尖？」米開朗基羅微笑點頭應允。阿瑪杜利伸出食指，輕輕碰了一下聖母的腳尖，

《蹲踞著的男孩》
The Crouching Boy，1530

這件作品雖然看起來是「未完成」的，但男孩臉部的專心致志、信心十足卻被表現得淋漓盡致，男孩健美的體型也被刻畫得維妙維肖。藝術家難得一見的歡愉心情得以抒發。這件作品對後世藝術家影響甚鉅，羅丹（Rodin）就從這件作品得到啟發，創造了他著名的作品《思想者》。

幸福得滿臉通紅，在胸前猛劃十字。米開朗基羅的微笑凝固在臉上，他想到了《梵諦岡聖殤》，想到了幫助自己搬運那件作品的壯漢，想到了自己那時候只有二十三歲。三十六年的歲月已經帶走了多少東西啊……。

當然，在離開佛羅倫薩之前，最重要的工作還是梅迪奇禮拜堂裡面的兩座陵墓，生與死與時間的糾葛。米開朗基羅已經不再年輕，他依然能夠一如既往看到石頭便看到了作品，但他的思想較年輕的時候成熟了許多。

一五二八年，他最心愛的弟弟波納若托（Buonarroto）去世，讓他感覺到非常的壓抑，弟弟比他小兩歲，是家人裡面跟他最親的，只活了五十一歲竟然生病去世。之後，家人中真正同米開朗基羅親近的便是波納若托的兒子李奧納多（Lionardo）。米開朗基羅在佛羅倫薩買了一所大宅，自己一天都沒有住過，將這所宅子送給了這位腦筋清楚的侄子。李奧納多在米開朗基羅的晚年做了許多重要的事情，蒐集、珍藏了許多米開朗基羅的書信、手稿以及作品。幾百年後，

這裡成為著名的柏納瑞蒂大宅美術館。

　弟弟去世的時候，哥哥還沒有想到那麼遠，他對於青春的力量仍然非常的有感覺。回首來時路，自己也曾經年輕，曾經意氣風發，曾經勇往直前，他能不能把即將逝去的青春召喚回來呢？在苦惱與徬徨中，他創作了《勝利》。古希臘神話中有一位美麗的勝利女神，米開朗基羅塑造出的勝利形象卻是英俊、充滿力量的青年，以戰勝一切的優勢將一位老人壓在膝下。這個勝利是如此的殘酷、如此的令人神傷，又如此的真實，如此的不容逆反。米開朗基羅看著已經成形面目卻還模糊的泥塑模型，陷入深深的悵惘。但是，當他揮動鎚子的時候，沒有模特兒的青年自然而然成為美與力量的化身，如同身經百戰的勇士、如同運動場上的常勝將軍，信心十足，沒有半絲的猶豫徬徨。被青年壓在身下的老人，面目逐漸清晰，竟然有著米開朗基羅本人的面貌特徵。藝術家瞪視著手下的作品，頹然地將鎚子與鑿子丟開，接受了命運，青春獲得了決定性的勝利。鎚子同鑿子默默地回望著他，似

乎在說，「你要怎麼樣呢？同時間作對是毫無希望的。」但是作品裡的老人怒眼圓睜並沒有完全屈服，「屈服」畢竟絕對不是米開朗基羅所喜歡的。

然而，命運之神沒有忘記我們的藝術家，一五三○年為他送來了美少年阿瑪杜利，一五三二年，竟然讓他在羅馬的短暫停留中，遇到了貴族青年卡瓦萊瑞（Tommaso de Cavalieri）。到羅馬去，是為了第四次同朱利阿斯二世的遺囑執行人簽訂陵寢設計合約。這絕非愉快的事情，但是非做不可，雙方的糾纏已經將近三十年，他必得做個了斷。

《勝利》

The Victory，1525-1530

米開朗基羅五十多歲了，在此之前，他幾乎沒有將自己的形象納入任何的作品中，自從少年時被人打斷了鼻樑，便再也不能從鏡中看到從前的自己，那個俊美的少年一去不復返了。在這件作品裡，藝術家在謳歌青春的勝利之時，也沒有忽略老人的不肯服輸、不肯認命、不肯就範的倔強性格。

《尼莫爾公爵陵墓及「夜」與「日」》

Tomb of the Duke Nemours with Night and Day，1520-1534

這件作品不但深切表達了米開朗基羅的生死觀，表達了他對「時間」的深度理解，更重要的是，表現出藝術家將建築同雕刻兩大藝術體系融於一爐的偉大創造。

　　在梵諦岡，在作品《聖殤》的旁邊，玉樹臨風般站著一位風度翩翩的青年，他看到米開朗基羅走近便神采飛揚地迎了過來，畢恭畢敬地深深一鞠躬。待他抬起頭來，他看到的是一張幾乎喜極而泣的臉。青年笑了，米開朗基羅也笑了，

兩雙絕然不同的手握在了一起，開始了他們相知相惜的友誼。

卡瓦萊瑞的面容是這樣的美好，神情是這樣的真摯，修長的體魄是這樣的勻稱、強健，雙手雙腳都像古希臘雕刻一樣的完美。更難得的是，卡瓦萊瑞謙遜、博學、儒雅、氣質高貴。在崇尚虛華的羅馬，卡瓦萊瑞崇拜的卻是活得像個窮人一樣整天灰塵僕僕的米開朗基羅。他輕聲細語津津樂道著欣賞米開朗基羅作品所經受的震撼、感動以及長時間的回味無窮……。米開朗基羅心花怒放，感覺到卡瓦萊瑞的真誠像陽光一樣溫暖了他的心。完全無需任何的觀察與思量，米開朗基羅馬上一揮而就為卡瓦萊瑞畫了一幅素描，作為他們初次見面的贈禮，青年貴族感動得手足無措，讓他的俊美增添了一絲嫵媚、一絲羞澀，格外動人。

返回佛羅倫薩，米開朗基羅心情大好，詩興大發，兩地之間魚雁往返，不僅飽含著濃濃的思念更傳遞著無數熱情的詩篇。

就在這樣的精神狀態裡，米開朗基羅投身於梅迪奇禮拜堂兩座陵墓最後的雕刻工程。在尼莫爾公爵身穿戎裝手拿指揮棒的坐像下面，有《夜》與《日》兩座雕像。象徵黑夜的女子強壯的體魄有如男子，低垂的頭卻在沉沉的睡夢中，四周瀰漫著濃郁的黑暗、詭異與不可知的氛圍。象徵白日的男子壯碩、明朗，身體的姿態正如剛剛躍上地平線的朝日，充滿生氣，充滿動感。在他們的下面，才是尼莫爾公爵的石棺。

爾比諾公爵的雕像更加含蓄，他微微低頭，整個臉龐被籠罩在他自己的陰影裡，一手托腮，另外一隻手反向倚在腿上，似乎是百思不得其解。他似乎正在看著自己的石棺，自己的死亡，卻不明白何以自己已然如此的接近死亡。在公爵坐像下面的兩座雕像則是《暮》與《晨》，年邁的男性軀體無奈地望向虛空，天邊已經只剩下暗紅色的夕照，雖然依舊美麗，但已經是日落的時分。象徵清晨的女性卻是年輕的，剛剛從美麗的夢境甦醒過來，她正在從慵懶中掙扎出來，迎接充滿意趣的新的一天。

《爾比諾公爵陵墓及「暮」與「晨」》

Tomb of the Duke Urbino with Dusk and Dawn，1520-1534

這件作品的特別之處在於三座雕像所表達出的詼諧、戲謔。米開朗基羅對於生與死的看法有著微妙的改變，不再壓抑，能夠坦然面對，對於年華的老去也比較能夠接受。在這樣的心境中，三座雕像的線條格外流暢。今天的觀者在欣賞梅迪奇禮拜堂兩座陵墓的時候能夠感覺到其氛圍的差異。

　　當這座陵墓的雕刻完成的時候，觀者不敢置信，因為爾比諾公爵辭世不久，大家都記得他長什麼樣子，於是議論說，「完全不像嘛，這雕像比爾比諾公爵本人漂亮多了……」米開朗基羅聽到了這些議論，輕鬆地說，「一千年以後，誰

還在乎這雕像像不像那位公爵啊。」大家紛紛表示贊同,「那倒是真的……」。正在用天鵝絨細細擦拭雕像的阿瑪杜利微笑起來,他真想大叫一聲,「你們真是笨,一千年以後的人來到這裡,只是要看米開朗基羅,誰要看那些不長進的爵爺啊!」一抬頭,看見了米開朗基羅眼睛裡的笑意,主僕兩人會心一笑。阿瑪杜利沒有出聲,繼續很勤奮地認真擦拭在陽光下燁燁生輝的雕像。

西元一五三四年在米開朗基羅的生活中是重要的一年。先是父親去世。米開朗基羅的父親在很多年裡不斷地向已經極有聲譽的兒子索取金錢,以供自己和另外兩個兒子揮霍。米開朗基羅承擔了他們的所需,但從來沒有從父親那裡聽到一句好話。至死,這位父親也只是認為自己這個有名的兒子不過是一個運氣不錯的匠人。米開朗基羅雖然對一切瞭如指掌,但他還是寫了一首詩,表達哀悼之意。

教皇克利門特七世在這一年向米開朗基羅提出建議,希望他為西斯汀禮拜堂的後牆製作一幅巨大的壁畫。米開朗基

羅沒有答應也沒有拒絕。那個禮拜堂對於他來講實在是太熟悉了。他熟悉那裡的每一扇窗戶、牆上的每一個裂紋、斑痕。他知道教皇的意思，當然是指正對大門的那一堵高牆，上面有窗戶。他在想，若是真的要作畫，就要把窗戶堵死……。更要命的是，那面牆並非完全空白，窗戶下面有一幅溼壁畫，創作者是拉斐爾的老師佩魯吉諾（Pietro Perugino），這位義大利文藝復興的先驅一五二三年才去世，怎麼可以毀掉他的作品，自己再來畫一幅呢？米開朗基羅閉上眼睛再次審視著佩魯吉諾那些幾近透明的清晰優雅的線條，痛苦地低下頭去。

　　父親的故去，使得米開朗基羅有了離開佛羅倫薩的理由。更大的動力自然是卡瓦萊瑞純真的友誼。於是，米開朗基羅來到了羅馬。

　　九月，兩位朋友一道散步到梵諦岡，走進西斯汀禮拜堂，盡頭，就是那面有著裂痕的高牆，確實，窗戶阻礙了視線，溼壁畫已經龜裂……。卡瓦萊瑞臉色蒼白、神色憂戚，

天吶，敬愛的大師就要整整六十歲了，他怎麼能夠受得了這樣一個艱鉅的工程啊！此時，米開朗基羅望向穹頂，頓時感覺到身體的每一個部分都在痛楚中吶喊，不由自主地晃了一下。卡瓦萊瑞伸出雙手有力地扶住自己的朋友。四目相望，兩位朋友不動聲色地互相傳遞著內心的情感，卡瓦萊瑞那方面是擔心，米開朗基羅這方面是感激。他們轉過身，慢慢地踱出了這座禮拜堂。

　　幾天之後，教皇克利門特七世駕崩。卡瓦萊瑞鬆了一口氣，他希望有別的畫家來承擔這個工程，他不能想像年邁的米開朗基羅在這面牆上耗盡生命最後的光與熱。

10

　好朋友卡瓦萊瑞畢竟年輕，畢竟沒有嘗到過教皇們的厲
害，他以為米開朗基羅可以逃脫重負，終究沒能夠如願。

　一五三五年的一天，新教皇保祿三世（Pope Paul III）
帶著隨從浩浩蕩蕩地來到了米開朗基羅的雕刻工地。在看到
藝術家之前，他先看到了一件偉大的藝術品《摩西坐像》。
因為米開朗基羅準備要再次修改一些細部，阿瑪杜利正在將
遮蓋雕像的幕布捲起來。教皇止步，揮手讓隨從們噤聲。教
皇仰望著摩西炯炯的眼神，感到震撼，「無與倫比，能夠比
美任何的古希臘、古羅馬精品。」熱愛文藝復興、熱愛藝術
品的教皇自忖，臉上浮起微笑。得到阿瑪杜利的報告，米開
朗基羅放下手中的工具迎出門來，迎面看到教皇臉上的微
笑。對於這種微笑，米開朗基羅懷著最大的戒心，他有禮地

問候教皇，把教皇引進工作間，請他坐在室內唯一的一把椅子上。機警的阿瑪杜利沒有放下手中的幕布而是直接走到戶外，將摩西的坐像仔細地包裹好。

　　室內的談話斷斷續續地進行著，保祿三世讚美了《摩西坐像》驚人的成功。米開朗基羅疲倦地表示尚有許多雕像沒有完工，對朱利阿斯二世的後人還沒有法子交代。教皇微笑，「他們能夠得到《摩西》是天大的福分，他們應當心滿意足了。」話鋒一轉，教皇談到西斯汀禮拜堂，談到他對穹頂畫的高度讚賞，然後，便談到禮拜堂正對大門的高牆，期待米開朗基羅在上面再創造一件傳世的作品。米開朗基羅苦笑著表示，完成穹頂畫的時候，他只有三十七歲，為了這幅作品幾乎殘廢。現在他已經六十歲了，再也畫不動這麼巨大的作品了。教皇胸有成竹，「你是不世出的天才，沒有你克服不了的困難。更何況，上帝站在你這邊，祂會賜給你無窮的力量。我會為你提供最為方便、有利的工作環境、足夠的金錢、足夠的人手……。我也知道，你去過西斯汀禮拜堂好

幾次了，請你告訴我，你有怎樣的設想？」

　　逃不掉的，米開朗基羅又一次接受了幾乎不可能的任務。既然教皇已經打定了主意，米開朗基羅也就提出了自己的主張，「佩魯吉諾的畫不能毀掉……」。熟悉繪畫史的教皇馬上接口，「為什麼呢？佩魯吉諾最偉大的作品《交鑰匙圖》就在西斯汀禮拜堂啊，覆蓋住一些不那麼出色的壁畫應當不是問題吧？」米開朗基羅字斟句酌，「我尊敬佩魯吉諾，不能用自己的畫來覆蓋他的作品。最好的辦法是再砌一堵新牆，兩牆之間留有些許空隙……」教皇同他的幕僚交換了一個眼色，很痛快地答應說，「很好，你的設想很周到。」他的心裡確實高興，禮拜堂的新牆很可能給他這位新教皇帶來好運氣，何樂而不為？「新的牆上不開窗戶，整面高牆的面積超過一百八十平方公尺，可以容納一幅比較有意思的作品……」米開朗基羅以不容置疑的口氣開出他的條件。教皇的臉上閃過一絲疑慮，「沒有窗戶的高牆前面當然適合於置放神聖的祭壇，但是，壁畫的內容？」

「最後的審判」。米開朗基羅一字一頓地說出了他的構想，然後就不再言語。穹頂的《創世紀》與祭壇後面的《最後的審判》所形成的強烈對比必然地會成為溼壁畫的頂峰。此時的米開朗基羅被一種強大的精神力量所鼓舞，已經忘記了他將要面對的磨難。

教皇保祿三世驚呆了片刻，之後便恢復了一貫的平靜，他站起身來，直接面對藝術家銳利的眼神，「我期待著這件偉大的作品……。」遂轉身告辭而去。

教皇親自拜訪藝術家的消息不逕而走，卡瓦萊瑞聽到了許多嫉妒的惡言中傷、聽到了許多滿懷怨恨的叫囂，緊張萬分，趁著夜色的掩蓋，前來探望他敬愛的大師。

此地，夾在梵諦岡同聖天使堡（Castel Sant'Angelo）之間，曾經叫做 Piazza Rusticucci（瑞斯蒂柯奇街區），是一個絕對不高貴的區域，近臺伯河，窮街陋巷，住著各行各業的普通百姓，沿街擠滿了小店鋪，一到傍晚，整個區域都籠罩在聖天使堡的巨大陰影之下。米開朗基羅自一四九七年起

就陸陸續續在這個地區居住、創作。《梵諦岡聖殤》是在這裡創作的,為西斯汀禮拜堂繪製穹頂畫的日子是在這裡度過的,《摩西坐像》是在這裡完成的,繪製《最後的審判》的歲月也離不開此地。但是,二十世紀三〇到四〇年代,法西斯黨揆墨索里尼(Benito Mussolini)治下,羅馬「舊城換新顏」,此地拆毀重建完全改觀,經受過文藝復興洗禮的整個區域消失了,米開朗基羅生活與工作之處蕩然無存。

《以聖天使堡為背景的瑞斯蒂柯奇街區》
The Piazza Rusticucci with the Castel Sant'Angelo in Background,1508

感謝米開朗基羅家鄉佛羅倫薩烏菲奇宮美術館珍藏了這幅作品。感謝加拿大作家Ross King在他的《米開朗基羅與教皇的穹頂》Michelangelo and the Pope's Ceiling一書裡讓我們看到了這幅素描,讓我們看到米開朗基羅曾經長期生活、創作的場域。今天,在羅馬市的地圖上已經找不到這個街區的名稱。

　　米開朗基羅看到從昏暗中走到面前的卡瓦萊瑞，非常的
欣慰。阿瑪杜利更是高興，他覺得卡瓦萊瑞的到訪一定會讓
沉默了整個下午的米開朗基羅恢復好心情。他恭敬地把飯菜
端上桌，便遠遠地坐在角落裡，靜靜地聽著大師同朋友的談
話。

　　米開朗基羅告訴卡瓦萊瑞自己對佩魯吉諾作品的重視。
阿瑪杜利知道大師有著驚人的記憶力，但是他沒有想到，走
進西斯汀禮拜堂大門，右手邊第二幅溼壁畫《交鑰匙圖》竟
然有著這麼不凡的成就。米開朗基羅半閉著眼睛，從這幅作
品的中線開始分析，從中心的那把象徵神權的鑰匙向上延
伸，正是「理想教堂」的中線，中線兩側的人物、景物一一
對稱。佩魯吉諾在這幅作品裡不但使用了精采的對稱之法，
而且使用了精準的遠近比例，優美的對稱與合乎情理的比例
正是文藝復興重要的特質，不但帶來祥和更帶來美感。卡瓦
萊瑞了解了朋友的苦心，了解到米開朗基羅要在禮拜堂砌一
道新牆的計畫，表示衷心的贊同。他又有點擔心，生怕朋友

又要親力親為。米開朗基羅笑道，「有阿瑪杜利督陣，這面新牆一定會砌得符合我的願望。」阿瑪杜利聽到了，興奮不已。

終於，一切都安靜了下來，卡瓦萊瑞已經離開，累了一天的阿瑪杜利也已經在小床上沉沉地睡去。繁星滿天，米開朗基羅撫摸著但丁的《神曲‧地獄篇》，詩句如潮湧來，

「……

在這裡定要放棄一切的疑慮

所有的怯懦定要在這裡死滅

你要在這裡看到悲慘的幽魂

他們已經失去了心靈的寧靜」

詩句直接地叩問著米開朗基羅內心深處最柔軟的部分，他閉上眼睛，腦海裡清晰地出現了希諾瑞利（Luca Signoril-li）著名的作品《罪人被拋入地獄》。很多年以前，在西斯汀禮拜堂繪製穹頂畫的時候，米開朗基羅就被牆壁上希諾瑞利所畫的《摩西臨終》感動。最令他心儀的，便是希諾瑞利

獨特、雄健、偉岸、渾厚的創作風格。這位來自托斯卡尼的藝術家同佩魯吉諾同一年離開了這個世界，米開朗基羅深深感覺在繪畫的領域裡，他失去了一位前輩、一位同路人。在奧維多（Orvieto）大教堂裡，他看到過希諾瑞利所繪製的地獄。朗朗乾坤，被拋入地獄的人們確實有著掩面的哭泣、絕望的嚎叫、頹喪的面容，但是，希諾瑞利讓這個悲慘的畫面燃燒著一種激情，湧動著一種力量，一種人之為人的不容輕蔑的尊嚴，這也是文藝復興的精髓。這一切都讓米開朗基羅深深著迷，一再地牽動著他的思緒。就在這一個漆黑的無聲的夜裡，他大睜著雙眼，望向虛空，讓手中的炭筆在紙上移動，將萬千思緒留在草圖上。

西元一五三五年九月一日，教皇保祿三世任命米開朗基羅擔任羅馬教廷總雕塑師、總畫師、總建築師，終生享有一百金幣的月俸。

這樣的「禮遇」再次引發藝術家們強烈的嫉妒，他們喧鬧不已，認為這樣子對待一個已經衰老得不成樣子的同行，

實在是沒有道理。

　　最高興的是阿瑪杜利，他手中有了足夠的基金，可以招募羅馬最棒的泥水匠，好好地在西斯汀禮拜堂的後牆前砌起一堵稍稍前傾的新牆來，也就是為他的大師準備好製作巨幅溼壁畫的這一面平整無瑕的牆面。隨著牆面的上升，泥水匠們一面工作一面驚訝著阿瑪杜利的念念有詞，有人實在忍不住，悄聲問這位權柄極大的小老弟，不知他碎碎念些什麼。他很鄭重地告訴大家，他正為那些被封住的畫面而向前輩畫家們表達抱歉的心意……，泥水匠們恍然大悟。在那個時代，為了整修，為了裝飾，新的溼壁畫掩蓋住舊的溼壁畫是很平常的事情，沒有人用一堵新牆來遮蓋一堵舊牆，只為了保存那些殘破不堪的畫面，更沒有人在遮蓋舊畫的時候表示歉意。經過這麼一件事情之後，泥水匠們明白米開朗基羅同一般畫家是完全不同的，連他身邊這位小老弟的作派也同一般的畫家助理們大不相同。豐足的飯食、豐厚的薪酬之外，阿瑪杜利的謙和、有禮也讓泥水匠們感覺到被尊重，他們很

快就同阿瑪杜利成為朋友，常常給他一些非常專業的建議，這面超過一百八十平方公尺的牆便在和樂融融的氣氛裡營造得平穩而順利。

新牆的厚度加上新舊兩面牆之間的距離使得新牆與穹頂的銜接產生了問題，穹頂邊緣是米開朗基羅《創世紀》的一部分，怎麼辦呢，新牆的頂端必須做出有弧度的牆面，才能與穹頂連接得天衣無縫。而這個牆面將毀掉米開朗基羅作品的一個小部分……。泥水匠們將這個不可避免的結果告訴了阿瑪杜利，要他同大師商量，怎樣才能圓滿。

阿瑪杜利小心翼翼地將飯菜擺上桌面：一個麵包、一杯紅酒、一小盤蔬菜。米開朗基羅一眼看穿阿瑪杜利心事重重，便和顏悅色地詢問究竟。阿瑪杜利講到新牆即將封頂所面對的問題，他心驚膽戰地等待著大師憤怒的吼聲……。沒想到，什麼也沒有發生，米開朗基羅心平氣和地同阿瑪杜利說，「最重要的，四面牆同穹頂相接處的弧度要保持一致，其他的都不是問題。」阿瑪杜利著急了，「連空隙都保不住，

有的地方，穹頂畫只能剷掉⋯⋯」米開朗基羅微笑，「總有辦法的。」

夜深了，阿瑪杜利在小床上睡得像一段木頭，米開朗基羅看著這個俊美的二十歲青年，滿心憐愛，輕輕替他蓋好被子，回到工作室，凝視著桌上的草圖⋯⋯。

整天在西斯汀禮拜堂忙碌的阿瑪杜利完全不知道最近這些日子米開朗基羅內心的巨大波瀾。一五二七年五月，寡不敵眾的教皇克利門特七世仍然被困在羅馬聖天使堡，軍紀渙散的神聖羅馬帝國軍洗劫了羅馬。在這場災難中，無辜的羅馬市民被殺戮者超過萬人。八年過去了，戰爭的瘡痍依然隨處可見，那許多連綿不斷的新墳讓米開朗基羅的心裡充滿了悲傷。不錯，教皇保祿三世給了米開朗基羅地位與金錢，卻絲毫不能移動他內心的哀戚。更何況，地位與金錢也是牢籠與鎖鏈，他沒有隨心所欲的創作自由，他必須聽命於教皇，完成《最後的審判》。

米開朗基羅在深夜裡，離開了置放草圖的桌子，拿起

那頂特製的裝置著羊脂蠟燭的帽子，點燃了上面兩根蠟燭，戴在頭上，走向他的雕刻工地，燭光下，他鬆開覆蓋著《奴隸》雕像的幕布，久久地凝視著奴隸從石頭裡仰起來的臉，揮動起手中的鎚子，噹地一聲敲了下去，隨著大理石粉塵的飛濺，奴隸的一縷鬈髮出現了，眼前卻清晰地浮起一座偉大的雕像《勞孔同他的兒子們》（Laocoön and His Sons）。

這是偉大的古希臘時代的作品，表達希臘神話中一個著名的故事。勞孔本來是特洛伊的祭司，他不顧天神的警告而提醒特洛伊人小心希臘大軍以木馬屠城的詭計。天神震怒，於是父子三人遭到殘酷的懲罰，被巨大的海蛇咬死。來自希臘羅斯島的三位雕塑家完成了這件傑作，三個人劇烈的動作形成了一個完美的圓，強烈表達出勞孔父子臨死前的痛苦與頑強的掙扎。

一五〇六年，這件在人間絕跡兩千年的作品在羅馬一處遺址中被發現。教皇朱利阿斯二世便召米開朗基羅前來觀賞。米開朗基羅永遠記得自己初初見到這座雕像之時內心所

遭受到的撞擊。雕像剛剛出土，帶著歲月的創傷，帶著被水腐蝕的斑痕。但是，悲劇人物勞孔在極度的痛苦中奮力與海蛇搏鬥的精神卻是那樣頑強有力……。兩位無辜青年絕望的神情、恐懼的神情又是那樣的震撼人心，他聽到了他們發自內心的吼聲。

這件作品帶來的影響是非常深遠的，米開朗基羅在那之後不斷在腦海中重溫這件作品的每一個細部，深深了解，在某些時刻，雕琢是完全不必要的，從石頭中被釋放出來的靈魂有著渾然天成的靈氣，留著它們便是絕好的作品……。

此時此刻，這件作品再次來到了面前。是啊，一切都會消失的，歲月將奪走一切。在消失之前，如果能夠讓美好的作品在世上存留的期間綻放出讓人不敢逼視的光芒，那就是真正的成功，這樣的成功與金錢地位沒有任何的關係……。這樣的成功需要自己再花心思修補穹頂更是不在話下。漸漸地，米開朗基羅感覺到一股豪氣再次瀰漫於胸，他知道，雖然他已經是「垂垂老矣」之人，但他的雙手依然有力。

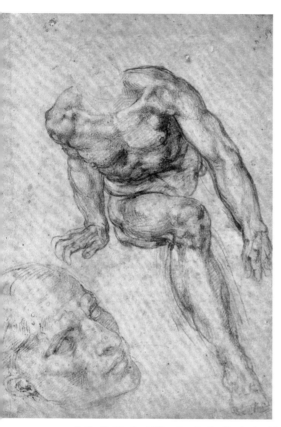

而且，直立的牆壁畢竟比穹頂容易。微笑浮上了他的臉，他摘下頭上的帽子，將帽子放在桌上。兩支蠟燭的光焰照亮了草圖中心的一個橢圓。他看到了從奧林普斯山上走下來的阿波羅，光明之神、正義之神，抬起右臂，高舉起右手；左臂橫在胸前，

《最後的審判》中為聖勞倫斯所繪草圖
Study for Saint Lawrence of The Last Judgment，1534-1535

在《最後的審判》畫面的中心，基督為最高審判者，在祂的右下方，便是手執烤架的聖勞倫斯，他是基督教早期的殉道者，是被置放在烤架上烤死的。他仰望著宣布審判開始的基督，眼神顯示其堅定的信仰。這幅炭筆草圖分為兩個部分，聖勞倫斯偉岸的身軀扭動成一個適於執起烤架的姿勢。另外一個部分是這位殉道者的頭部。這幅草圖收藏在荷蘭最古老的博物館中。

手心向下。最高的仲裁者出現了，祂不似人們印象中的基督那般瘦削、悲憫、慈和。祂有著強壯的體魄、莊重肅穆的神情，祂被光明籠罩，右手指向天堂的方向，左手指出地獄的所在。豁然間，這幅溼壁畫的大局底定……。

米開朗基羅知道，世間再也沒有任何力量能夠阻止他再次登上成功的頂峰。炭筆遊走自如，終於，燭火嗶的一聲熄滅了，細細一縷白煙緩緩飄升。米開朗基羅抬起眼睛，視線隨著白煙移動，地平線上躍出了一道玫瑰紫的霞光，瞬間照亮了桌面。他站起身來，走向門口，迎接著金色光芒中面含微笑的太陽神，滿心平靜，滿心喜悅。

睡眼惺忪的阿瑪杜利看到大師背對著自己站在金色的晨光中，驚醒過來，一躍而起。未等他開口，便聽到米開朗基羅沉著的指令，「阿瑪杜利，我們要開始準備顏料了……」

11

　這一次，米開朗基羅不再遮掩他正在進行的工程，他坦然地一步一步實現著他的計畫。西斯汀禮拜堂依然是教廷議事之處，每天，《最後的審判》緩緩展現一小部分新的畫面，人們屏聲靜氣望著不明所以的圖景一點點地浮現。

　毫無疑問，米開朗基羅的筆觸依然精準、自然、靈活、流暢，只有他自己心裡明白，這運筆自如的最佳狀況已經不能持久，他的健康已經不是將近三十年前的狀況。但是，他現在的整體狀況也與三十年前大不相同，他有阿瑪杜利照顧，他有足夠的金錢購買昂貴的顏料，他也有能力雇用穩健的助手幫忙，不必凡事親力親為；更重要的是，保祿三世認定這幅作品將是非常重要的，於教廷、於義大利、於藝術的傳世都是重要的，他只要好，並不求快。於是，米開朗基羅

量力而行，率先登上鷹架完成牆壁與穹頂處的銜接，在兩個橢圓形的畫面裡，天使們正在移除十字架和受刑柱，那是善惡之爭中，善的一方獲勝的象徵，教皇大大的鬆了一口氣，「政治正確」絕對是好事，可以堵住身邊那些小人的絮絮叨叨，讓他們住嘴。

繪畫工程順利地進行，米開朗基羅同卡瓦萊瑞的友誼也發展得非常平穩，年輕朋友的各種奇思妙想也常常能夠讓藝術家從緊張、繁重、嚴肅的工作中輕鬆下來。卡瓦萊瑞畢竟是青年貴族，常常把同朋友們相聚時的種種趣事講給大師聽，引得米開朗基羅大笑不止。終於有一天，卡瓦萊瑞收到了一幅珍奇的作品，畫面上的孩子們正在大開酒宴，喝得醉醺醺，笑鬧不止。他不但馬上親自跑去致謝，而且他非常清楚，在大師的創作中這是絕無僅有的戲謔之作，絕對值得細心珍藏。

佛羅倫薩的老友前來羅馬探望，跟米開朗基羅閒話家常，「你真是糟糕，身邊只有一個阿瑪杜利，幾十年過去

《孩子們的酒宴》

Bacchanal of Children，1530 年代末 -1540 年代初

在米開朗基羅數量巨大的繪畫作品中，如此令人莞爾的作品是非常罕見的。畫面上的孩子們狂飲不止醉態可掬。二、三十個孩子醉得不成樣子，其中主要情節似乎是他們正在努力加大火勢，讓鍋中水滾沸，來熬煮一匹馬，那匹馬正在拚命掙扎。整個畫面充滿動感、喜感。畫面下方的半人馬和一個男子似乎也都醉得只想睡覺了。

了，還是孤家寡人，連個知疼知熱的女人也沒有，真夠受了……。」米開朗基羅微笑，「藝術就是我的妻子，不棄不離，相親相愛。我的作品就是我的孩子們，他們在這個世界上會活很久，我很放心……」

就在說這番話後不久，他結識了一位女子，在他漫長的一生中，唯一的紅粉知己，睿智、博學、美麗的貴族遺孀薇托瑞亞 · 柯隆娜（Vittoria Colonna）。

柯隆娜是一位貴族婦女，很年輕的時候便嫁給門戶相當的一位貴族。雖然婚姻的基礎是政治，柯隆娜卻自始至終忠實於這段婚姻。柯隆娜還是一位抒情詩人，不但寫詩，而且出版。丈夫早逝，柯隆娜在三十五歲的年紀便開始了孀居的生活。她不同於當時的義大利貴族婦女，不願意將時間消耗在時裝、流行和社交上。她熱衷於神學的研究、熱衷於藝術與文學。她最熱愛的詩人便是但丁，《神曲》是她的案頭書。為了能夠寧靜地生活，她長年住在修道院裡，擁有一個寬敞、舒適的居所，能夠偶爾接待文學藝術界的同好。她也

有一位年輕能幹的侍女，照顧起居，出行時隨侍在側。

一五三八年，米開朗基羅六十三歲，柯隆娜四十八歲，命運之神悄悄地指引著他們認識了彼此。

這一天，柯隆娜同她的侍女來到瑞斯蒂柯奇街區訪書，找到一本有著美麗插圖的善本《神曲・地獄篇》，小羊皮封面上的金色篆刻非常精緻優雅。柯隆娜買下了這本書，請店家將其他兩本書包起來，這本但丁的詩集就自己拿在手上，很愉快地走出書店走到了涼風習習的大街上。向左，是走熟了的回修道院的路，向右呢，會通向臺伯河。侍女一手提著書，一手指點著，「不遠處就是米開朗基羅的工作室，外面是他的雕刻工地，那座赫赫有名的《摩西》還在那裡……」。柯隆娜自然而然移動腳步，同侍女一道向臺伯河走去。

米開朗基羅剛剛從西斯汀禮拜堂回到住處，身心俱疲，接過阿瑪杜利遞給他的一杯水，坐在戶外的一塊石頭上，在微風和陽光下閉上眼睛休息片刻。冥冥中似乎是有神明指

引，當他睜開眼睛的時候，先是看到一件黑色披風的下襬，順著披風下的灰色長裙望上去，他看到一雙美麗的大眼睛正靜靜地望著自己，高高的額頭上面是深色的頭髮，眼睛下面是挺直、端正的鼻子、優雅的脣線、小巧的下巴。身為雕塑家的米開朗基羅從這張臉上看到的是內斂的智慧與靈氣。灰色長裙上面一雙骨骼亭勻的手，豐腴、修長的手指重疊握著一本書。從隱約可見的封底，米開朗基羅銳利的眼睛已經辨識出那是但丁，絕無疑問。「女神……」。他心頭閃過一道光芒。

街上的行人看到，這一天的午後，一位貴族婦女端坐在一張木頭椅子上，身後站著一位年輕美麗的女郎。雕塑大師米開朗基羅還是坐在他慣常坐著的石頭上，他的身邊站著畢恭畢敬的阿瑪杜利。行人們猜測，這位有錢的女人大概正在同大師討價還價預定一座雕像。他們不知道，主客兩位優雅、從容地談論著的卻是但丁。

人們更無從想像，第二天，米開朗基羅將柯隆娜豐滿、

《垂死的基督》
Crucifixion of Christ，1530
年代末-1540 年代初
本來，米開朗基羅謙遜地表
示，這還是一幅未完成的作
品。但是，柯隆娜卻感受到
作品所傳遞出的完整的意
念，她非常激動地向藝術家
表示，這是完美的作品，無
須再添加任何的筆觸。自
此，米開朗基羅了解，柯隆
娜是真正懂得他的藝術觀念
的摯友，兩人的友誼進入相
知相惜的階段。

婀娜的形體放在了《最後的審判》中基督身側聖母的形象
中。聖母的面容端莊，眼簾低垂，雙手緊張交錯。臉上悲憫
的神情成為整幅作品的主旋律之一。除了頭巾下露出的頭髮
是淺色的以外，幾乎是柯隆娜年輕時的畫像。阿瑪杜利的眼
睛跟著米開朗基羅的畫筆移動，只有他看清楚了聖母的模特
兒是誰，他能夠感覺到滿頭灰髮的大師內心的喜悅。助手們

懵然無知，只是欣喜地感覺到，這一天，大師的精神不錯，工作的時間也比以往更長。

智慧的柯隆娜對這一切全然不知，她在兩年之後才得到一幅米開朗基羅為她畫的素描，在這幅作品裡逼真地展現了柯隆娜五十歲時的容貌。而在這兩年裡，他們頻頻交換書信，米開朗基羅在熱情的詩歌裡謳歌著他的女神……。他也偶爾換上乾淨的衣服，在阿瑪杜利的陪同下，來到修道院裡柯隆娜的居所，參加一些詩人同藝術家的聚會……，感覺著柯隆娜的周到與善解人意。有時候，他同阿瑪杜利來到這裡，只是同柯隆娜一道喝一杯熱茶，娓娓地談著一些有關神學有關藝術的話題。阿瑪杜利從心底裡感謝柯隆娜，因為有了她，有了卡瓦萊瑞這樣的朋友，大師才會在艱難的工作中保持著平靜的心情，偶爾，還會有春風滿面的時刻。

當然，阿瑪杜利想不到的事情還多著，他不知道，柯隆娜對藝術的理解對於米開朗基羅來講又是怎樣的重要。在他親自送往修道院的許多書信中有著一些素描作品。這些作品

都是柯隆娜非常珍愛的，她對這些作品所表達的意見更是米開朗基羅非常珍視的。有一天，柯隆娜收到一幅大量留白的素描作品《垂死的基督》，畫面上基督被釘在十字架上奄奄一息，兩旁兩位天使傷心欲絕露出悲傷的表情，十字架下一個骷髏頭傳遞著死亡的訊息。米開朗基羅很誠懇地對柯隆娜說，「若是您喜歡，我來完成它。」柯隆娜被這幅作品深深感動，忘情地回答說，「我的天啊，我的天啊，這幅作品是這樣的完美，您還能怎樣再去『完成』它？」

米開朗基羅聽到柯隆娜這樣說，完全了解對藝術深有感觸的這位友人不是客套，而是非常真誠的，於是非常的感動。他久久說不出話來，終於掙扎出來的兩個字是，「謝謝」。長期以來在內心深處對於「完成」的理解得到朋友這樣堅定澈底的首肯，他怎能不心生感激？

《最後的審判》完成之時，鑑於當時的禮俗，柯隆娜並不方便到西斯汀禮拜堂去觀賞。很快，米開朗基羅開始了他在保利內禮拜堂（the Pauline Chapel）的繪製工程，這是

《最後的審判》全圖 *The Last Judgment*，1535-1541

耗時六年，米開朗基羅完成這幅巨作之時已經是六十六歲的老人。這幅作品在格局上同穹頂畫不同，沒有任何的分隔，旋風般地將主題融會在不同的層次中。四百多個人物生動細膩地表達出在最後的審判中所在的準確位置。畫面集宗教、神話、文學、音樂於一爐，在西方藝術史上有著崇高的地位。

素描《聖殤》

Pietà，1542

在這幅作品裡，米開朗基羅不但充分展現了他的宗教情懷，同時也表達了他對朋友最高的禮敬。聖母的衣著正是柯隆娜的衣著，聖母的髮型正是柯隆娜的髮型，聖母激動的手勢也正是柯隆娜談到激動處常用的手勢，而聖母的面容酷似柯隆娜莊重的面容。面對這幅作品，柯隆娜從內心深處感激藝術家的知遇之恩，無法言語，痛哭失聲。

一個更加隱密的所在，除了教廷高層，梵諦岡的普通人眾都不得進入的，柯隆娜更不會有機會看到這些作品。於是，米開朗基羅向柯隆娜展示他藝術生涯中最後繪畫作品的草圖。面對草圖，柯隆娜在久久地端詳之後，閉上眼睛，陷入冥想之中。在長久的沉默之後，她睜開眼睛，熱烈地表達她對作品的熱愛，「我看到了，我看到了，充滿力量的偉大藝術品……，我看到了。」讓米開朗基羅激動不已。

終於，米開朗基羅送給他的女神另外一件禮物，這便是著名的素描《聖殤》。較之大理石雕刻作品《梵諦岡聖殤》，米開朗基羅在這幅作品中傾注了更加激烈的情懷，甚至發出悲憤的詰問，「你們一定要血祭才能接近真理嗎？」被從十字架上解下來的基督癱倒在聖母的兩膝之間，兩位天使正在將祂攙扶起來。聖母高舉雙手，仰望蒼穹，悲憤地發出了詰問。柯隆娜收到禮物，久久地瞪視著畫面上酷似自己的聖母，忍不住掩面而泣，終至大放悲聲。

《最後的審判》歷經六年的時間，在一五四一年完成，

整個畫面氣勢雄渾、恢弘、端莊、嚴肅，同穹頂畫的明朗、詩意形成強烈對比。除了與穹頂相銜接的兩幅畫面以外，整幅溼壁畫分為三個部分，上層的中心是腳踏雲朵的基督、聖母、圍繞在身邊的是十二使徒同殉教的聖者們。中層以吹響號角的天使們為中心，一側是隨著基督右手的手勢正在飛升至天堂的靈魂，另一側則是隨著基督左手的手勢墮向地獄的靈魂。最下面一層，十字架的一側是被天使的號角喚醒的死者，他們的靈魂將要加入被審判的行列。另一側，則是苦難之河上，冥王那長出驢耳的船伕卡戎（Charon）正把有罪的靈魂載往地獄。全圖左下角則是威嚴的地獄判官米諾斯（Minos），祂將用祂的尾巴將靈魂們掃入地獄中不同的層級。在祂身後，火光熊熊之處正是那永無休止的苦難之所，地獄。

人們也許會說，身為虔誠天主教徒的米開朗基羅在《最後的審判》中表達的正是《聖經》的精神，但是事實上，不但基督的形象更像太陽神，而且，生前是克利特國王的米諾

斯，因為執法嚴明死後被冥王任命為判官之一，這就進入了希臘羅馬神話的領域。從另外一個方面來說，在神話中，地獄乃是人死後的歸宿，並沒有抑惡揚善的作用。因之，《最後的審判》畢竟還是符合基督教教義的。然則，米諾斯的形象卻更符合但丁詩篇中的章節，因此，不僅是神學的，更是異教的，甚至是文學的因素，在這幅作品中都有著強有力的表現。

在整個畫面的上層，與聖勞倫斯平行的，面對著基督的聖巴薩拉謬（St. Bartholomew）右手緊握著刀子，左手提著被剝下來的人皮，正在向審判者申訴。人皮上有著一幅畫像，正是米開朗基羅自己的肖像。如此在作品上「署名」的方式前無古人後無來者。

作品完成過程中，褒貶不一，教皇身邊的小人不斷鼓譟，一再指出畫作的「異教」特質，甚至要求剷除這幅作品，以還西斯汀禮拜堂的神聖。米開朗基羅聽到了，不動聲色，將一個特別惡毒者的尊容放到了地獄判官米諾斯的臉上。

　　教皇保祿三世盡一切可能抵禦著這些讒言，甚至在這幅作品完成之後，馬上請米開朗基羅繪製教皇宮（Apostolic Palace）中保利內禮拜堂的溼壁畫，以表達他對米開朗基羅的信任。這位熱愛藝術的教皇在一五四九年去世之後，新教皇朱利阿斯三世（Pope Julius III）繼位。一五五五年，朱利阿斯三世去世後，繼任教皇只活了短短三週便去世。在這樣複雜的情勢下，《最後的審判》在一波又一波的讒言攻勢中屹立不搖，已經是奇蹟。

　　一五五五年，新登基的保祿四世（Pope Paul IV）是一位思想保守的教皇，面對人們對這幅作品又一輪新的攻擊，便準備著人為這幅作品中的裸體「披上一些衣衫」，作為妥協。當時，米開朗基羅正在為重建中的聖彼得大教堂新堂進行設計。教皇找到米開朗基羅，當面向他說明自己的苦衷。沒有想到，八十歲的藝術家沒有任何激烈的表示，米開朗基羅語氣平淡地安慰教皇，那不是什麼軍國大事，不值得教皇操心，「改一幅畫不過舉手之勞而已」。說完這句話，他向

教皇點頭為禮，然後便轉身去忙了，留教皇站在那裡，思忖了半晌。米開朗基羅凡事追求完美是有名的，脾氣火爆也是有名的，塗改他花了六年時間完成的大作是何等嚴重的事情，他竟然如此的雲淡風輕，真是不可思議。

　　未曾同米開朗基羅有過接觸的新教皇哪裡知道，經過了這麼多的磨難之後，米開朗基羅的性情已經有了很大的改變。一五四七年，他送走了摯友柯隆娜。就在這一年，一五五五年，為他工作了整整二十五年的阿瑪杜利也正在被疾病奪走性命。米開朗基羅的哀傷、絕望鋪天蓋地。要知道，忠誠的小友阿瑪杜利是無可取代的啊，今後歲月的孤寂將是怎樣的煎熬！米開朗基羅的內心充滿了歲月無情帶來的苦澀。在這樣的時刻，教皇保祿四世來跟他談到的事情也就顯得「無足輕重」了。事實上，這幅十四年以前完成的作品，在米開朗基羅的心目中有著極其沉重的分量，隨著歲月的流逝，宗教的情懷越加虔誠，他越加珍惜這幅作品所表達的意念。現如今，他無力保護自己的作品不遭人踐踏，內心

的悲憤無可言說，但他不再年輕，他已經學會了掩飾內心的風暴，不再顯露出來。這一天的晚上，他長時間地跪坐在教堂裡，緊緊地閉上眼睛。腦海裡浮動著《最後的審判》中的每一個細節，直到夜深。

然而，將被塗改過，被祭壇上的香煙、燭火熏黑的畫作恢復原狀卻是大費周章的事情。二十世紀末，這幅在四百餘年中飽經憂患的曠世之作在經過了十多年的專業而細緻的修復之後，終於重新煥發出米開朗基羅原作的光芒。

米開朗基羅的才華與精力都是非常驚人的，他的傳記作者，畫家康迪威（Ascanio Condivi）在書中不止一次讚嘆道，「絕對是神助，否則，米開朗基羅的創作源源不絕無法解釋。」

一五三八年，一次閒聊中，教皇保祿三世很客氣地徵求米開朗基羅的意見，要怎樣改善卡比托里高地（the Capitoline Hill）這個地方。這個地方真正是非同小可，在古羅馬時代曾經是權力中心，而且四通八達，所謂「條條大路通羅

馬」說的就是這個位於市中心著名的高地。但是，十六世紀的羅馬，這一個古代遺址已經頹敗得不成樣子，雜亂的墳場、市集堵塞了道路。米開朗基羅當時正在忙《最後的審判》，竟然在百忙中陸陸續續畫出了許多的設計圖，讓教皇保祿三世驚喜連連。

在瓦薩里的著作中，他用了大量的篇幅來說明這個已然亂七八糟的地方，毫無障礙地讓

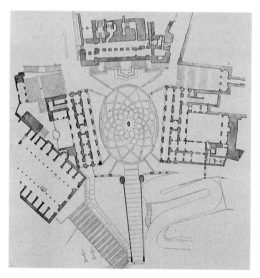

《卡比托里高地設計圖》

Study of the Capitoline Hill，1538-1550

在這一段時間裡，米開朗基羅為卡比托里高地所繪製的設計圖有平面的也有立體的，因為有教皇的支持、有羅馬民眾的聲援，都被保護下來了。這個高地的煥然一新也一直遵照米開朗基羅的設計。最值得注意的是，與此同時，米開朗基羅正在完成西斯汀和保利內兩座禮拜堂的溼壁畫。宗教題材的繪畫、古典主義的雕刻、充滿人文精神的建築在大師手下一一付諸實現。

米開朗基羅「看到」了改建之後的偉大、美麗、意涵豐富。在他的設計裡，元老院為正面建築，另外兩棟優雅的建築從兩側斜向矗立。三棟建築圍繞著一個美麗至極的廣場，廣場本身如同花瓣綻放。廣場中央，在一個基座上置放羅馬皇帝馬爾庫斯 · 奧雷利烏斯（Marcus Aurelius）騎在馬上的一座精美的銅像。廣場開放的一側設置一條極為寬敞的步道。當人們從那裡走上來的時候，必然被歷史的宏大醉倒，必然被琳瑯滿目的古代希臘廊柱醉倒，也必然被精美的古代藝術品醉倒。這個高地在米開朗基羅生前已經開工建造，他去世之後，又不斷地被改善。但是，米開朗基羅所使用的建築藝術語言一直保存在這裡，一代又一代的建築家、庭園設計師都照顧到了米開朗基羅當年的設想。在米開朗基羅的建築事業中，「真正的羅馬」卡比托里高地有著舉足輕重的顯赫地位。

12

　　一五四二年，米開朗基羅是高興的。《最後的審判》按
照他的意願已經順利地完成。他相信，這將是他最後的一幅
溼壁畫，今後，他可以重回他心愛的雕刻工程。

　　這一年，他第五次同朱利阿斯二世的後人簽約，不但應
允將《摩西坐像》安放在老教皇的陵墓上，而且答應創作兩
座新的雕像，置放在摩西的兩側。這件事情實在是拖得太久
了，米開朗基羅心頭滿是悵惘。但是，這長達三十七年的一
場糾纏快要接近尾聲的時候，米開朗基羅的聲名早已不同於
往昔，他已經是義大利最享盛名的藝術家，無人出其右。能
夠得到他的新作，對於朱利阿斯二世的後人而言，實在是求
之不得。於是他們表示，他們願意等待。他們不知道，在米
開朗基羅這方面，他還有一些想法，最深沉的當然是對雕刻

的無限眷戀。此外，已然在世界上屹立了一千兩百年的聖彼得大教堂是在一五〇六年開始重建的，在地基上放下第一塊基石的正是教皇朱利阿斯二世。毫無疑問，對老教皇複雜的情感也是一種助力，推動米開朗基羅作出了決定。

哪裡想得到，教皇保祿三世還有新的計畫。這一天，教皇很親切地帶著藝術家在整修中的聖彼得大教堂漫步，閒話著教堂內的各種設施。米開朗基羅順便告訴教皇，在朱利阿斯二世陵墓的事情上，有新的進展。教皇只是笑笑，「能夠圓滿解決就好」，然後繼續向前走去。但是，這一天，他沒有像往常一樣領先走向西斯汀禮拜堂，而是向他的寓所方向，向教皇宮走去。米開朗基羅好幾次止步，感覺上正在走向一個禁地，除了警衛人員守護著一扇扇大門以外，途中沒有任何人出現。就在通往教皇寓所的大門外，就在這個極其隱密的保利內禮拜堂裡，教皇站住了，微笑著指點著位於禮拜堂中央左右兩面最長的牆壁，講出了他的計畫。

《掃羅信主》

The Conversion of Saul，
1542-1545

直到二十世紀後半葉，世人多半認為《最後的審判》是米開朗基羅最後的繪畫作品。在米開朗基羅學生康迪威、瓦薩里的著作中都談到過梵諦岡教皇宮保利內禮拜堂中的米開朗基羅作品。因為世人無緣得見，也就少有評介。二十一世紀，梵諦岡將保利內禮拜堂實景拍成3D照片公之於眾，世人終於在將近五百年後得知部分真相。

　　米開朗基羅感覺到一陣陣的眩暈，這個在兩年前才完全建成的保利內禮拜堂在尋常日子只有教皇本人會駐足流連。

　　後來的歷史證明，當一位教皇辭世，羅馬教廷必須要選出新的教皇之時，保利內禮拜堂內才會出現一些人，他們是八十歲以下的樞機主教，他們將要舉行祕密會議來推選新教皇。他們首先在聖彼得大教堂舉行彌撒，然後來到保利內禮拜堂禱告，之後，前往西斯汀禮拜堂，鎖起門來議事，直到選出新教皇為止⋯⋯。這個地方從未對外開放⋯⋯。

　　一五四二年的時候，米開朗基羅，一位藝術家，只知道他將要在教皇的私人禮拜堂內留下繪畫生涯中最後的作品。毫無疑問，正因為這間禮拜堂是這樣的隱密，尋常日子只有教皇一位觀賞者，因此，壁畫也將被保護得極好，存在的時間也會更加久遠⋯⋯。

　　不知什麼時候，教皇已經靜靜地離去，敞開的大門外背對著他站著兩位警衛人員。米開朗基羅撫摸著他將要作畫的牆壁，兩面牆上各需要四十平方公尺的畫面，毫無疑問，這

裡需要的是純粹的宗教題材，觀賞者將只有教皇，偶爾，樞機主教們會滿懷心事地來到這裡……。毫無疑問，他將在這裡度過好幾年，而且，他還必須完成朱利阿斯二世後人的囑託。猛然間，六十七歲的米開朗基羅被不勝負荷的痛苦感覺擊打得站立不穩……。他鎮定住自己，再次環視著這神祕的所在，不但柯隆娜不可能見到這兩幅作品，連卡瓦萊瑞也不可能見到這兩幅作品……。助手們恐怕也是進不來的。念及此，米開朗基羅著急起來，難不成全部的工作又要自己獨力去完成？天哪，一個人的力量是絕對不夠的……。

他匆匆大步向外走去，沒有注意到警衛人員們尊敬的目光。他們正在經歷歷史上一個神祕的時刻，一位藝術家將要在神聖的保利內禮拜堂作畫！

米開朗基羅沒有走多遠，教廷總管便迎住了他，腳手架、灰漿與顏料都有專人負責，米開朗基羅只需下達指令即可。鑑於藝術家年事已高，他可以自己選擇一位助手，「當然，要絕對可靠之人……」。米開朗基羅馬上說出了阿瑪杜

利的名字，「他跟在我身邊已經十二年了……」。總管微笑，「我認識他，這位小老弟很是勤勉。」

第一幅草圖的第一位鑑賞者不是教皇，而是柯隆娜。第一次，柯隆娜同米開朗基羅單獨面對面站在修道院燭火明亮的客廳裡，在長桌上展開一幅草圖。事關教廷機密，侍女機警地關上客廳大門，站在門外守護。

草圖送交教皇，教皇十分滿意，熱切期待著畫作的完成。

這一幅作品便是《掃羅信主》。在耶穌神聖之光的強烈照耀下，本來在耶路撒冷逼迫基督徒的掃羅滾鞍落馬，雙眼在光芒中自然合攏暫時失去視覺，而靈魂卻被喚醒。在《聖經》中，掃羅從此追隨信仰，在大馬士革成就功業，成為耶穌堅定的追隨者保羅。這是生的啟示。米開朗基羅花了三年時間完成這幅作品。

在這三年裡，從梵諦岡返回家中的時間，米開朗基羅揮動鎚子，創作兩位女性雕像，一是用於表達精神層次的信

仰、依靠、博愛，她是修女裝束的《萊契爾》（Rachel），

雙手微微合攏仰望著上蒼，面容端肅。另一座雕像是《蕾亞》

（Leah），美麗如女神，右手緊握桂冠，左手背在身後執一

《萊契爾》*Rachel*，1542-1555；《蕾亞》*Leah*，1542-1555

分列《摩西坐像》兩側，置放於羅馬聖彼得鎖鏈教堂教皇朱利阿斯二世陵墓下層（San Pietro in Vincoli, Rome）。教皇朱利阿斯二世陵墓落成於一五四五年。這兩座雕像完成並移到這座陵墓上的時間是一五五五年。在長達十三年的時間裡，這兩座雕像沒有離開過米開朗基羅的視線。

面鏡子，眼望下界，充分表達對人間世的關愛。精神的以及人生的兩個方面都以愛為主題。米開朗基羅在這兩座雕像上花費了十三年的時間，一五五五年才完成。他所傾注的不只是精力、時間，更是他對人類的精神世界與世俗世界的深沉思考。這兩座雕像的完成綿延了這樣久的原因還有柯隆娜的逝去，以及他開始擔任聖彼得大教堂總設計師這樣兩件事。這兩件事發生的時間都在一五四七年，此時此刻，他正在繪製保利內禮拜堂內的另外一幅壁畫《聖彼得受難》。

現在我們來看看，就在米開朗基羅身心兩個方面都處在非常疲累的狀況下的時候，關於他的壁畫有著怎樣的一些議論，這些議論的範圍非常之小，教皇保祿三世只邀請了身邊幾位樞機主教前來保利內禮拜堂陪他觀賞已經完成的《掃羅信主》。樞機主教們自然感謝教皇的好意，但是他們看到這幅作品的時候還是感覺到有些詫異，畫面中間是受了驚、跳了起來、嘶鳴不已、幾乎掙脫了韁繩的那匹馬，而且是尾部對著觀者，非常的「不雅」。畫面上，眾人被頭頂的強光照

射，臉上幾乎沒有感恩的表情，反而是震驚的樣子居多，而且仰望上主的人也不是太多，看起來很是「不敬」。掃羅落馬之後的形象頗為狼狽，他甚至沒有匍匐在地接受感召而是舉起左臂試圖抵擋那神聖的光芒，實在「匪夷所思」。但是，面對教皇，這樣的批評是不能出口的，於是他們只是囁嚅著表示，相較於西斯汀禮拜堂穹頂畫，大師米開朗基羅似乎在繪畫風格上有些改變，優美的筆觸減少了。

保祿三世何等聰慧，他微笑著送走樞機主教們，回到這幅壁畫前。他喜歡掃羅同扶他起來的人之間那一個完美的橢圓，他喜歡上主威嚴的面容、強有力的手勢……。他喜歡整個畫面傳遞出的啟示。「這就是正在復甦的人間世啊……」他慨嘆著，滿心喜悅，終於吐出的聲音是，「完美，無與倫比」。

保祿三世何等機警，他知道讒言的力量，他也知道米開朗基羅的精力大不如前，他要為這位不世出的藝術家掃掉一些障礙，所以在他感覺自己的壽限將至之前，搶先任命米

開朗基羅擔任聖彼得大教堂新堂的總設計師，「米開朗基羅的設計就是最終的決定，不容更改！」這是在一五四七年。教皇活到一五四九年，這一年年底以及下一年年初選舉新教皇的祕密會議都是在保利內禮拜堂舉行的。尤其是一五五〇年，兩幅溼壁畫全部完成了，滿腦袋陰謀詭計的樞機主教們對這兩幅作品並沒有表達什麼特別的讚美，他們只是訝異著，一面牆壁的光線本來很黯淡，但是現在這幅剛剛完成的畫作卻好像讓這面牆壁明亮了很多，雖然主題是這樣的令人悲傷。那一具橫陳在畫面中心的十字架更是怵目驚心令人沮喪……。

《掃羅信主》是生的啟示。相對應的，《聖彼得受難》是死的啟示，聖彼得臨終的凝視是嚴厲的。米開朗基羅讓整個畫面出現兩個光明的部分，一個部分在蒼天，一個部分在聖彼得，照亮了這面黯淡的牆壁，也照亮了觀者的心。聖者的犧牲是為了讓眾人接近真理，作品的宗教意涵非常明確。米開朗基羅在畫面的右下角留下了自己雙手環抱於胸的全身

《聖彼得受難》

The Crucifixion of St. Peter，1546-1550

這幅作品是米開朗基羅對自己繪畫生涯的告別之作，用了四年的時間來完成。在透視與明暗對比上有驚人的效果。上主的震怒與慈悲以烏雲與明朗的蒼天來展示。聖彼得臨終的凝視更是神來之筆，意涵豐富而深遠。作品完成之時米開朗基羅已經是七十五歲的老人，但他在作品中的自畫像卻是沉穩有力的，沒有任何的衰老跡象，充分展現藝術家生命不息、創作不止的頑強性格。

圖像，他目光低垂，是對人間惡行的指控，也是對自己繪畫
生涯的告別。

教皇保祿三世沒能看到這幅作品的完成，他的繼任者朱
利阿斯三世迎接了這幅作品。新教皇支持文藝復興，米開朗基
羅最後的繪畫作品安然無恙。後世藝術史家曾經質疑這兩幅作
品的真實性以及它們的價值，甚至有人說，如此親近米開朗基
羅的瓦薩里、康迪威都沒有極力盛讚這兩幅溼壁畫，可見其價
值不會很高。事實上，在十六世紀中葉，康迪威、瓦薩里都還
只是中年藝術家，並非「德高望重」之輩，更非教廷上層人
士，他們能夠見到這兩幅作品已經很不容易。要他們為這兩
幅不可能長時間觀賞的作品寫出更為切實的評議，大約是相
當困難的。也許，有朝一日，不只是影像，人們也有機會見
到原作，那時，更加專業而中肯的評議是一定會湧現出來的。

在創作保利內禮拜堂溼壁畫的八年歲月裡，阿瑪杜利
的工作是非常吃重的。身為唯一的助手，他可以隨同米開朗
基羅進入教皇宮禁地。同他合作，幫他打下手的是教廷警衛

人員。不時的，他能夠見到教皇保祿三世慈和的容顏。對於這位不到三十歲的年輕人來講，是殊榮、是考驗，更是磨練。最重要的，他必須能夠確保大師作畫時所需要的種種條件。當日的牆壁必須準備好，灰漿必須處在作畫所需的最佳狀態，顏料、畫筆必須已經全部準備妥貼。米開朗基羅已經不再年輕，他登高時所用的腳手架必須穩固可靠，他畫得累了的時候，必須有一把椅子讓他得以喘息……。一切的一切都依靠著阿瑪杜利的穩健、思慮周密、手勤腳快。他非常的勞累，也非常的興奮，因為這樣的際遇是外人無法想像的。一五五〇年，工程結束之時，阿瑪杜利已經是一位思路清晰、心智堅定的成熟的男人，是米開朗基羅不可或缺的助手。

在這個過程中，米開朗基羅曾經病倒，幾乎水米不能進。阿瑪杜利花錢雇人張羅有營養的飯食，衣不解帶照顧著兩頰通紅、氣若游絲的病人。深夜，藥石終於將半昏迷的米開朗基羅召喚回來，他睜開眼睛，只見阿瑪杜利正在拭抹自

己脖頸上流淌著的汗水。情不自禁，淚水滴落下來，他啞著嗓子問道，「我死了，你怎麼辦呢？」若是發生不幸，毫無疑問，教廷會請別的畫家完成保利內禮拜堂溼壁畫。對米開朗基羅永遠誠實的阿瑪杜利在這個時候沒有說話，炯炯的眼神望向正在雕刻中的《萊契爾》和《蕾亞》。他會按照大師的意願完成她們，完成老教皇朱利阿斯二世後人的囑託。米開朗基羅看懂了阿瑪杜利沒有說出的話，欣慰地笑了。他終於從重病中挺了過來，不但完成了溼壁畫，也完成了這兩座雕像。雕像完成之時，積勞成疾的阿瑪杜利卻倒了下去，結

《法內西宮窗戶草圖》
Study for a Window of the Farnese Palace，1546
米開朗基羅為羅馬法內西宮設計的窗戶，在整個建築的第三層，不同於第一層被莊重的大門隔開，也不同於第二層被教皇保祿三世優雅的紋章隔開。建築正面十三面窗戶絕對的一致，半橢圓簷楣的傳統風格所表現出的貴氣長久以來被建築界津津樂道。

束了他短短四十年的生命。那是一五五五年的事情。

　　一五四七年，米開朗基羅不但正在緊鑼密鼓完成最後的一幅溼壁畫、兩座大理石雕像，而且正在設計羅馬法內西宮（Farnese Palace）和聖彼得大教堂新堂的大圓頂。

　　法內西宮本來是法內西家族的計畫，教皇保祿三世正是來自這一個顯赫的家族。米開朗基羅得到教皇的邀約，便滿懷熱情為這座宮殿作出了非常美好的設計，不但是這座文藝復興地標般的宮殿，他甚至希望在臺伯河上建築一座橋梁，直達彼岸另外一座小一些的宮殿。一連串美好的願望因為教皇保祿三世的逝去而告終。但是法內西宮本身畢竟還是按照米開朗基羅的設計完成了。對於這座建築，米開朗基羅有著熱切的情感，他不但覺得一把銅尺是很丟人的一件擺設，他也明白地說，一把圓規也是沒有任何必要的，因為這座建築已經在眼前浮現出來了，那麼清晰、那麼精準，同雕刻一樣的順理成章。然而，整座建築給人帶來的舒適感覺正是米開朗基羅在不經意中達到的效果。

　　一五四七年，是艱難的。柯隆娜無論怎樣掩飾，她的病弱已經是非常的明顯。米開朗基羅為溼壁畫所繪草圖，她親眼得見。米開朗基羅的建築設計圖，她也親眼得見。她看到聖彼得大教堂的圓頂設計時，驚嘆著這恢弘壯觀的建築將同佛羅倫薩聖母百花主教堂（Basilica di Santa Maria del Fiore）一樣的壯麗。米開朗基羅溫和地說道，「是啊，聖彼得的大圓頂能夠和聖母百花一樣的恢弘，但是，聖母百花的大圓頂還是最漂亮的。」至此，柯隆娜深深理解，米開朗基羅對故鄉佛羅倫薩的愛是無可取代的，那怕是羅馬，那怕是梵諦岡，都不是他的最愛，無論他在這裡得到了怎樣的榮耀。

　　疾病是一股黑流，正在吞噬美麗、善良、博學的柯隆娜。米開朗基羅心碎不已，他守在柯隆娜病榻邊，親吻著她骨瘦如柴的手指，喃喃訴說著他的關切，直到她微笑著安詳地逝去。

　　返回家中，米開朗基羅感謝上蒼給他機會認識柯隆娜，九年來相知相惜的友情會永遠伴隨他。但是，還是要在世上

留下一些痕跡的。米開朗基羅沒有戴上他特製的帽子，手握鎚子和鑿子直接地登上堆積著的石塊，在《蕾亞》的右手裡雕刻出一頂獻給詩人的桂冠，他在心底裡訴說著他深沉的思念與不捨，將這頂桂冠藉女神之手獻給柯隆娜。

　　阿瑪杜利被噹噹的敲擊聲驚醒，嚇出一身冷汗，跳起身來，奪門而出。皎潔的月光下，七十二歲的大師獨自一人穩穩地站在石頭上，正在揮動鎚子，一柄鑿子在他手中靈活地轉動。大理石粉塵飛崩，米開朗基羅灰白的鬚髮披上了燦爛的銀色，在夜風中飛揚。他依然目光如電，精準無比地做著他最最心儀的事情。

　　「天神一般，威風凜凜！」阿瑪杜利出聲讚嘆。

13

　　一五四六年，聖彼得大教堂的設計師桑格羅去世了。監工的教廷中人紛紛提出繼任者的名字，一時間沸沸揚揚。教皇保祿三世中意米開朗基羅，便來到保利內禮拜堂，看米開朗基羅作畫，等到藝術家停筆休息的時候，才和顏悅色地同他商量，可否接替桑格羅設計聖彼得大教堂新堂。一聽到桑格羅這個名字，米開朗基羅就搖頭，這個早年臨摹過自己草圖的人，毫無靈氣。他婉謝了教皇的好意，淡然地表示「力不從心」。教皇沒有生氣，只是溫言勸道，「你有時間的時候，去看一看吧，桑格羅花了好幾年時間做了一個木頭模型，我不大放心。最少，你能告訴我你的意見。」米開朗基羅聽到教皇這樣說，知道桑格羅的設計無法令教皇滿意，自己當然應當去看一下。看一下還是必要的，他這樣說服著自己。

　　米開朗基羅靜靜地來到了修整聖彼得大教堂的設計部門，那裡圍滿了桑格羅的人馬，他們諂媚地笑著，尊稱米開朗基羅為大師，對他的到來表達著「熱烈的歡迎」，引領著米開朗基羅來到桑格羅的木質模型前，他們紛紛表示，「您看，簡直是豐美的牧場……」，米開朗基羅不動聲色，「是啊，豐美的牧場適合於牛羊在那裡吃草……」而牛羊對建築藝術卻是一竅不通的。眾人聽出了不對勁，恨得牙癢，只好言不由衷地敷衍著。

　　米開朗基羅一眼看穿整個設計有問題，柱子細弱華而不實，根本無法承受圓頂的重量。工程進行時，必定要翻過來重作，一改再改，拖延再拖延，經手之人將從中大獲其利。毫無疑問，這便是這一幫人的如意算盤。從美學上看，這個設計不倫不類，光線晦暗，許多完全不必要的凸起物，兩層窗戶高低不同密密麻麻，既無優雅的古典風格，也沒有讓人看了心情舒暢的現代風格。

　　懷著沉重的心情，米開朗基羅回到了家裡。多年來，教

皇保祿三世一直站在自己這一邊，抵擋住了多少的攻擊與讒言。羅馬梵諦岡聖彼得大教堂是羅馬教廷的聖殿，教皇對桑格羅的設計耿耿於懷，必是寢食難安。自己不是給幾句建言就可以推卸責任的，要做出一個好的設計來，才對得住教皇的信任。但是大教堂的建造需要很多很多年的時間，自己已經七十一歲，今後的歲月難道就為了這所教堂而被困在羅馬不得脫身，再也回不了佛羅倫薩？想到這裡，米開朗基羅感覺煩躁，推開桌上的紙筆，向繁星滿天的戶外走去。

阿瑪杜利端著一個滾燙的杯子走了出來，「柯隆娜夫人差人送來的綠色華茶，說是摩洛哥的朋友送的珍品，還教給我沖泡的方法，您喝喝看。很燙的，您小心。」

熱茶飄散著奇異的香氛，比醇酒還要迷人。想到如此知心的摯友在病榻上還顧念著自己，米開朗基羅心裡的鬱悶漸漸消散，啜飲了一口熱茶之後，更覺熨貼，連呼，「好茶！好茶！」

在晴朗的星空下，在好茶帶來的平和、溫馨之中，阿瑪

杜利向大師請教在建築設計中須臾離不得的數學問題，引出米開朗基羅的一些說法，這些說法他是從來沒有跟任何人提過的。

按照米開朗基羅的看法，數學是一個非常美麗的世界，同雕刻、繪畫、建築、詩歌有著密不可分的關係。而且，這些關係充滿了神祕的力量，創作者若是沒有感覺，是無法體會它們的美感的。

捧著來自遙遠東半球的熱茶，米開朗基羅的思緒飛向人類遙遠的古代，「我們已經有π（圓周率）三點一四一五……，我們也已經有φ（黃金分割）一點六一八……，蓋一所美輪美奐的教堂已經綽綽有餘。重點在於，我們現在能不能看到這所教堂完全建成之後的所有細節，看到了，我們就能夠避免弊病、避免可能發生的故障，讓這所建築順利地出現在我們眼前……」

阿瑪杜利熱血澎湃，他覺得自己正在走向一個美麗新世界，然後，他聽到了米開朗基羅的指示，「明天，去請我們

的木匠師傅來,我需要做一個模型⋯⋯」

當這個模型做好了的時候,教皇保祿三世再也無法掩飾他的欣慰。這樣的壯觀、這樣的簡約、這樣的莊嚴,而且這樣的明朗!上帝啊,感謝您給我福緣,讓羅馬得到這樣一位天才,讓我們把這樣一個艱難的工程交到一雙可靠的手裡。

趁熱打鐵,教皇下詔書給予米開朗基羅至高無上的權力,設計建築聖彼得大教堂新堂。米開朗基羅的設計不容更改,在工程進行中,一切照米開朗基羅的決定辦理。教廷監工們必須遵守米開朗基羅的各項指示,不得陽奉陰違⋯⋯。米開朗基羅深思熟慮,知道若想順利進行這一工程,還需要一些特別之法,才能行得通。他很誠懇地請求教皇,「因為對上帝的愛,我承擔起這個重大的責任,分文不取。」聖彼得大教堂的總設計師不要薪水!教皇久久凝視著站在自己面前的藝術家,通天徹地想了很久,終於點頭答應。他心中有數,要想別的辦法予以補償,藝術家的生活是一定要有保障的。

《聖彼得大教堂圓頂設計模型》
Michelangelo's wooden model for the cupola of St. Peter's，1547

梵諦岡聖彼得大教堂新堂的設計是
人類建築史上的偉大成就。其圓
頂直徑四十一點九公尺，頂高
一百三十七點八公尺。圓頂外觀
飽滿充滿力量，十二根樑更加
強了整個圓頂的莊嚴。鼓座
上的簷、壁柱、龕籠、浮雕
所形成的旋律、節奏都同大
教堂內部明亮的光線、莊嚴的
聖壇、優雅的牆面雕飾相呼
應，成為和諧的壯麗樂章。

　　桑格羅花了數年時間，花費四千金幣做成的聖彼得大教堂模型被棄置不用。米開朗基羅用了兩個星期、二十五金幣做成的模型將導引整個工程，引發了巨大的回響。教廷中的明智之士馬上了解，米開朗基羅的設計將縮短工期不止五十年，而且造價低得多，省下數十萬金幣，絕對有益於教廷。羅馬的藝術家們更是讚不絕口，充分肯定這一設計的美感。但是那幫下定決心要靠這棟建築斂財的人們卻氣急敗

壞地叫嚷起來，一致詆毀這個設計。教皇的詔書雖然讓他們暫時閉口，但卻讓他們更加仇視米開朗基羅。總設計師不領薪水澈底地斷了他們的財路，他們把仇恨埋在心底，不斷在施工中想出各種花招來試圖改變米開朗基羅的建築大計。從一五四七年到一五六四年米開朗基羅辭世，在十七年的時間裡，這個鬥爭沒有停止過一天。好在，米開朗基羅有先見之明，強化了整個建築的基礎，甚至在圓頂內部裝置了兩條螺旋式樓梯，馱運建築材料的騾馬能夠沿階而上大大加快工程進度。大量減少的窗戶與附加物不但讓這個圓頂更為合理，同時也使得各種陰謀改動變得不可行。教皇保祿三世的繼承人基本上都抱持著支持米開朗基羅的態度。因此，雖然聖彼得大教堂的大圓頂在設計師辭世將近三十年後才完成，但是，整個工程完全遵照了米開朗基羅的設計。藝術家贏得了最後的勝利。

　　按照米開朗基羅自己的說法，揮動鎚子有益健康。我們卻不能不這樣想，這位藝術家的創造力似乎是沒有止境的，

保利內禮拜堂的溼壁畫尚未完成，允諾將要交付教皇朱利阿斯二世陵墓的兩座女性雕像遲遲未及竣工，聖彼得大教堂的無數憂煩正在變本加厲進行中。米開朗基羅卻開始了另外一件偉大的雕刻作品《佛羅倫薩聖殤》。這一次，雕像的四個人物採用的是更複雜的工藝，雕刻出四座圓雕，然後把它們結合在一起成為一件作品。

　　世間沒有任何作品這樣哀傷地表達了基督之死。已經死去的基督剛剛從十字架上被解救下來，四肢扭曲變形，完全的無力，幾乎癱倒在地。基督身後，尼克蒂摩斯（Nicodemus）正在用全身的力量支撐著基督，他的右手放在基督的右臂下，小心翼翼，似乎是小心著不要弄痛了祂。尼克蒂摩斯是將基督掩埋起來的那個善人，在這座雕像中，他眼簾低垂，滿臉憂戚，米開朗基羅賦予尼克蒂摩斯自己的容貌。在基督的左後側，聖母傷心欲絕，拚盡全力擁著自己的兒子，撐持著祂不要倒下去。在基督右側，一個年輕女子用自己的頭部架起基督的右臂，基督的右手無力地搭在女子的肩背

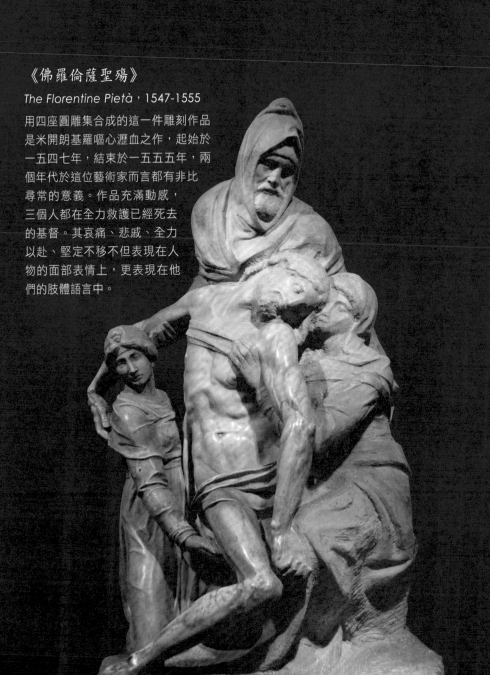

《佛羅倫薩聖殤》

The Florentine Pietà，1547-1555

用四座圓雕集合成的這一件雕刻作品
是米開朗基羅嘔心瀝血之作，起始於
一五四七年，結束於一五五五年，兩
個年代於這位藝術家而言都有非比
尋常的意義。作品充滿動感，
三個人都在全力救護已經死去
的基督。其哀痛、悲戚、全力
以赴、堅定不移不但表現在人
物的面部表情上，更表現在他
們的肢體語言中。

上，她正伸出右手托住基督，奮力站起身來。她的臉上凝聚著意志與力量。

一五五五年六月的一天，阿瑪杜利親手用天鵝絨將《萊契爾》同《蕾亞》擦拭得平滑無比，用乾淨的棉布細細包紮，隨同教皇朱利阿斯二世的遺囑執行人一道將這兩座雕像穩穩當當地送至羅馬聖彼得鎖鏈教堂，親眼看著這兩座雕像放在陵墓正確的位置上，這才同端坐中心的摩西雕像告別。就在他深深鞠躬為禮的時候，一陣眩暈襲來，他勉強支撐住自己，站直身體，在胸前劃了十字，慢慢地走出教堂。

終於，四十年的糾纏不清、五十年的辛勤勞作，這個陵墓工程總算是完全地結束了，米開朗基羅看著變得有些空曠的雕刻工地，感覺疲倦，感覺不安。他默默無言地撫摸著奴隸雕像，希望讓自己安靜下來。

夜色降臨，助手將飯菜送上桌，未見阿瑪杜利的身影。米開朗基羅隨口問道，「阿瑪杜利還沒有回來嗎？」助手很恭謹地回答道，「他回來了，我們看到他去了雕刻工地……」

一陣不安掠過，米開朗基羅推開碗盤站起身來大步走向雕刻工地，一面呼喚著，「阿瑪杜利，你在哪裡？」萬籟俱寂，只聽到助手們匆匆奔來的腳步聲。

火把照耀下，阿瑪杜利姿態古怪地蜷縮在《佛羅倫薩聖殤》的背後，正在尼克蒂摩斯披風的下擺處，臉色蒼白，不省人事，手裡還緊緊握著一把用來拂去大理石細塵的刷子。米開朗基羅放聲大叫，「快去請醫生！」

在阿瑪杜利的臥室裡，四十歲的病人躺在床上奄奄一息，八十歲的藝術家每天晚上守在床邊，憂心不已。

醫生來過很多次了，為阿瑪杜利留下許多的藥劑。十二月初，醫生告訴這位傷心的老人，藥石只是減少痛苦而已，無力回天。米開朗基羅抓住醫生的手，「那麼多次，你讓我死裡逃生。現在，你為什麼不能救救這個孩子？」醫生掙脫出自己的手，溫言回答，「您是一棵枝繁葉茂的大樹，大風來了，折斷幾根枝椏而已，未曾傷及根本……。這個孩子是一棵小樹，抵擋不住大風的狂襲，齊根斷了……」米開朗基

羅大為傷心，「我給他太多的工作了，完全沒有照顧到他。」醫生看了一眼桌上未曾動過的飯菜，好言相勸，「您已經八十歲，不可以過於傷心，好好吃飯尤其重要……」

夜深了，米開朗基羅揮手讓年輕的助手們回房睡覺。他一個人守在阿瑪杜利的身邊。

記得是畫《最後的審判》的時候，他一腳踏空，從腳手架上跌了下來，阿瑪杜利把他背回了家裡，將他放到了床上。一路上，他卻大發雷霆，一直在埋怨自己，「怎麼會犯這樣愚蠢的錯誤！」阿瑪杜利飛奔去請醫生，米開朗基羅竟然掙扎著站起身來鎖上窗戶、鎖上門，繼續怒不可遏大叫大嚷，跟自己過不去。阿瑪杜利同醫生一道回來了，沒有辦法進屋，結果是阿瑪杜利爬上二樓的窗戶，打碎玻璃，這才開門請醫生進來……。

「我死了以後，您怎麼辦呢？」聽到阿瑪杜利微弱的聲音，埋頭沉思的米開朗基羅從回憶中被驚醒，看到深陷在枕頭裡的阿瑪杜利清瘦的臉，心如刀割，「不會的，你絕對沒

有事。等你休養好了，我還要靠你去監督那些在大教堂裡玩弄陰謀詭計的壞東西哩⋯⋯」他伸手撫摸著阿瑪杜利滾燙的額頭，看著阿瑪杜利眼睛裡的不捨正在慢慢地熄滅。阿瑪杜利的手在米開朗基羅的手掌裡痙攣了一陣，靜止不動了。兩隻同樣布滿傷痕、堆積著老繭的手就這樣握在一起，良久。

米開朗基羅陷入無邊的悲傷，無法自癒。助手給遠在佛羅倫薩的李奧納多送信。李奧納多日夜兼程來到伯父身邊。米開朗基羅跟他說，這一座《佛羅倫薩聖殤》本來是希望日後放在自己的墳墓上的，沒有想到，現在的結果卻是這樣⋯⋯。他請李奧納多將這座雕像帶回佛羅倫薩，「隨便你處置，將來，我是一定要歸葬佛羅倫薩的，但是這座雕像讓我太傷心，不能放在我的墳墓上，看到它，我會永遠不得安寧⋯⋯」

忠誠的李奧納多帶走了《佛羅倫薩聖殤》，妥善運回家鄉，珍藏於自宅中。他牢牢記住了伯父滿臉是淚的面容，記住了伯父的話，「我是一定要歸葬佛羅倫薩的」。

14

　　一五五五年九月底，瓦薩里在佛羅倫薩接受了梅迪奇家族的委託，完成羅倫佐圖書館入口處的階梯。已經沒有準確的圖紙作為依據，只有地面上的一些標誌以及一座沒有完工的黏土模型，當然還有一些在來往信件中偶爾談到的期待，比方說米開朗基羅希望這三個部分的階梯像「即將凝固的岩漿」一樣充滿力量……。於是，瓦薩里寫信給老師請教更具體的做法。距離最初設計這道階梯的時間已經有將近半個世紀之久，而且此時米開朗基羅因為阿瑪杜利重病臥床而萬念俱灰，但是，他依然能夠在回信中這樣寫，「……階梯取橢圓形，每級一掌尺高（大約十二英寸），階梯的寬度比高度大。鋪砌在地面上最前方和面積最大的部分與門牆的距離，視階梯的陡緩來決定。因此，第一層階梯下面的空間應當比

較小，只用雙腳能夠站立登梯就可以了。正對大門的階梯根據階梯的坡度逐漸縮小，最高處的階梯縮小的比例應當依據大門空間的比例來決定。整座階梯中央一段是主梯，兩側各有一座翼梯，梯級完全相等，非橢圓形。從主梯到階梯頂端，翼梯的曲線與牆面相接。從主梯往下直到鋪砌地面，翼梯同主梯和牆面之間的距離需要三掌尺。這樣才能使得門廳無阻塞，四向通暢……」

　　五十年的光陰沒有磨滅藝術家對這樣一座美麗階梯的設計理念。石材在多年前早已備齊，瓦薩里仔細揣摩老師信中的說法，全力以赴。一年之後，階梯落成，美妙無比，實現了米開朗基羅的設想。如此成就讓梅迪奇家族的掌門人、托斯卡尼大公科西莫公爵（Cosimo I de Medici）更加尊敬米開朗基羅。他向瓦薩里了解大師有無可能返回家鄉，瓦薩里據實相告，大師日夜思念家鄉，但是，聖彼得大教堂的建築事務雖然有著教皇的三令五申，但奸詐小人們仍然處心積慮製造混亂，盡一切可能修改設計、拖延工期。如果大師此時

返鄉，小人們的奸計得逞，米開朗基羅將成為聖彼得大教堂無法竣工的「禍首」。科西莫公爵聽到了這樣的回答，悲憤莫名，遂請問瓦薩里，自己可以做些什麼幫助這位偉大的藝術家。瓦薩里跟公爵說，大師年紀大了，他的作品、設計草圖、甚至他的財產都應當造冊作出紀錄，以防不測。公爵馬上召集行家裡手會同米開朗基羅的血親李奧納多一道積極開展保護大師的一系列安排。李奧納多也告訴公爵，伯父的意願是一定要歸葬佛羅倫薩。科西莫公爵謹記在心。

米開朗基羅忙得很，他一方面同小人們周旋，在教皇無條件的支持下，繼續加固聖彼得大教堂的基礎，使之不可改動，堅不可摧。同時，他應居住在羅馬的佛羅倫薩社區民眾的邀請設計一座教堂。這座教堂在一五〇九年便有了初步的計畫，十年之後才下定決心要動工。花了四十年的時間請名家設計，拉斐爾也為他們繪製了設計圖。人多意見多，所有的設計都被否決之後，在一五五九年，他們請米開朗基羅設計教堂主體工程。米開朗基羅很熱心地投身設計，三易其

稿。這個基礎設計是雪花形狀的，有著聖彼得大教堂的影子，但是更為精巧。尤其是從教堂中心放射狀挺立的八對立柱，就像骨骼同肌肉的連結一樣的優雅自然。這個設計未被採用。這座位於羅馬的教堂一六二〇年完成主體工程，一七三四年才完全竣工，耗時兩百餘年。

忙中有序，幾乎同時，極為愛護米開朗基羅的教皇庇護四世（Pope Pius IV）懇請藝術家在聖母瑪利亞大教堂（Santa Maria Maggiore）內建造一個禮拜堂。這所大教堂誕生於西元五世紀，是羅馬最古老最宏偉、為尊崇基督之母瑪利亞而建立的教堂。米開朗基羅懷著虔敬之心全力以赴。雖然這個斯福爾扎禮拜堂（the Sforza Chapel, Rome）是在米開朗基羅身後竣工的，但是他在一五六〇年所做的設計都被認真地落實了。後來者，雕塑家、建築家貝尼尼（Bernini）從這座美麗的禮拜堂學習到的美學理念開花結果，成就了羅馬更多的藝術奇葩。歷代教皇們都熱愛這座大教堂，熱愛其中的斯福爾扎禮拜堂。這裡成為教皇們流連忘返的聖地。數百年

來，教皇們也一再地讚嘆著米開朗基羅為他們留下的美好。

　　無論是佛羅倫薩人的聖喬凡尼教堂還是斯福爾扎禮拜堂都沒有一五六一年碰到的課題來得更加匪夷所思。一座西元三、四世紀建立的羅馬澡堂，能不能改建成一座可以供基督徒使用的美麗教堂呢？教皇庇護四世請教米開朗基羅，

「如果將澡堂整修改建成一個教堂，那是多麼美好的事情。」教皇無限期待地望著無所不能的米開朗基羅，希

《佛羅倫薩人的聖喬萬尼教堂設計草圖》

Drawn Design for San Giovanni del Florentini，1559-1560

編號 Casa Buonarroti. No 124 A的這幅設計圖，雖然未被教堂主事者採用，但是三易其稿的幾幅設計圖都被保存下來了。它們顯示出米開朗基羅嚴謹、周密、活力無限的設計思路。尤其是最後定稿的這一幅，建築藝術與雕塑藝術的完美結合令藝術史家傾倒，公認是文藝復興建築設計巔峰之作，無人出其右。

望這位已經八十六歲的老人能夠移山填海。

　　這可不是平地起高樓，這是改建。米開朗基羅根本不聽醫生的勸阻，拄著枴杖，興致勃勃地前往這個有趣的地方，陰暗、潮溼、冷風颼颼，米開朗基羅裹著狗皮的腿禁不住一陣抖索。但是，那古老、堅實的外牆黝黑地顯示出歲月的滄桑，卻強烈地吸引著米開朗基羅。他走了進去，內部的牆壁是弧形的，裡面分割成好幾個小廣場一樣的地方，果真是澡堂。若要改建成教堂，需要充分利用古建築的殘骸，需要把澡堂填平，弧形牆壁拉直，建起新的牆壁、廊柱、簷楣、圓頂。為了一個新的挑戰，一個新的高峰，絕對值得一試。此時此刻，一把尺子就不只是在米開朗基羅的眼睛裡，更是在他的心裡，在他的腦子裡。他的設計非常之大膽，新教堂向四外擴充。其內部不但美輪美奐，令人心曠神怡，而且充分照顧到修士們祈禱、誦經、生活起居的方便。當他把這座聖瑪利亞天使教堂（Santa Maria Degli Angeli）的設計圖展示給教皇審視的時候，教皇同樞機主教們都驚喜不已，齊聲讚

美這意外的神奇的改變，對將要落成的萬分美麗的教堂的設計者讚譽有加。

無數的榮耀以及聖彼得大教堂的事務使得米開朗基羅最後的歲月繼續忙碌著。

一五六一年，教皇庇護四世對著城牆上的一道被破壞的門搖頭嘆氣，萬般無奈，去請教行動已經不那麼自如的老藝術家。米開朗基羅非常的隨和，為教皇設計了這座美麗莊嚴的門，因為是教皇庇護四世的倡議，這道門取名庇亞門（the Porta Pia）。米開朗基羅深知教皇對羅馬的許多門都沒有信心，於是為他一一畫了許多的設計圖，請他慢慢地酌情辦理。教皇非常感激。

真正是聲名遠播啊，歐洲皇室、王公貴族紛紛前來請教米開朗基羅，某座宮殿是否可以這樣擴建？某座花園的設計是否可以改進？某座橋梁是否可以增加一些雕飾？城堡的窗戶用什麼形式最為妥貼？那座門呢，您覺得怎麼樣，有沒有法子讓它開啟的時候更有氣勢？啊，您是設計廣場同階梯

的高手，懇請您看看這些設計圖，做出裁決。當然還有許多雕塑家來徵求米開朗基羅的意見、建議，不一而足。米開朗基羅認真而盡力地完成來自四面八方的要求，從不敷衍。來自四面八方的酬勞也是非常驚人的，米開朗基羅的生活環境相當不錯，但他的飲食習慣仍然和年

《隆達尼尼聖殤》

The Rondanini Pietà，1556-1564

《隆達尼尼聖殤》是米開朗基羅第三座，也是最後一座聖殤雕刻作品，是他唯一一件沒有接受委託，純然為自己而創作的雕刻作品。在義大利米蘭舊城區的斯福爾扎古堡（Castello Sforzesco, Milan）內，隆達尼尼聖殤博物館因這件作品而得名。

輕的時候一樣，一杯紅酒、一塊麵包、少許蔬菜，便很滿足。

忙碌的時候是白天，晚飯後，米開朗基羅喜歡來到教堂，低頭冥想。教士們遠遠地站立著，不妨礙他，在他站起來準備離去時，趕過來攙扶他，一直送他回到家，將老人交給管家，這才放心離去。

夜深人靜，管家、傭人、助手們都回房睡覺了，米開朗基羅走出戶外，在他花園的一個隱密角落，在四個《奴隸》附近，有一座雕像，正在雕刻中。一五五六年，米開朗基羅相中了一塊石頭，那塊石頭極其堅硬，一錘下去，火星四濺。雕刻工匠們都嫌它太硬，米開朗基羅卻喜歡。他看到了另外一座聖殤，為自己而雕刻的一件作品，回到聖母與聖子，用鎚子、鑿子一寸寸地接近上帝，接近信仰。

月朗星稀，四外靜謐，偶有小蟲飛過。不用任何照明，米開朗基羅同石頭對話，聊著心頭所想，鎚子準確地落在鑿子上，聖母哀傷的面容逐漸浮現，她站在一塊石頭上傾盡全力撐持住基督沉重、無力的身體⋯⋯。

　　一五六三年年底，一五六四年年初，羅馬沉浸在安寧的年節氣氛中。歐洲宗教改革的風潮沒有撼動教皇的地位，鼠疫的流行也還沒有抵達義大利。米開朗基羅家裡的氣氛也很不錯，管家欣慰地發現，寒冷的晚間，老人不再外出，噹噹的錘石聲不再出現。真是謝天謝地。老人家臥室壁爐裡燃著木柴，老人家腿上蓋著毛毯，手裡一卷詩集，臉色平和。看起來，腎結石帶來的痛楚有所緩和，管家非常滿意，道過晚安，帶上門，將老人家留在溫暖的寧靜之中，自去張羅家事。

　　等到管家的腳步聲遠去，米開朗基羅一把掀掉腿上的毛毯，將門小心地鎖好，這才打開木箱，將藏在那裡的手稿、素描、設計圖拿出來檢視。依然目光如炬、依然追求完美、依然容不得半點瑕疵。米開朗基羅把那些自己不能完全滿意的「習作」一件又一件丟進壁爐裡，看著它們化為灰燼，絲毫不覺得可惜。他不要後人看到他的「不完美的筆觸」。這件工程進行了好幾天，直到原本滿滿的大木箱空了大半截。管家與助手們毫無所知。

　　李奧納多從佛羅倫薩來到羅馬看望伯父，米開朗基羅調皮地笑著，「你不是忙著清點我的身外之物嗎？不要忘記那隻大木箱，裡面的紙張或許還有些用處。」李奧納多打開木箱，看到原本一團亂的紙張已經整理得井井有條，數量也大幅度地減少了，心中雪亮，看了一眼壁爐裡的餘燼，一言不發，恭謹地將箱中所存一一列入冊子。看著在燭光中靜靜寫字的姪子，米開朗基羅心裡湧出溫暖的愛意。自己畢竟是有福的，身後事交給這麼善解人意的一個親人，可以放心。

　　此時此刻，他喃喃出聲，「靈魂奔向上帝，身體化為泥土，身外之物贈與血親。」李奧納多聽到了，謹記在心。

　　時序進入二月，羅馬酷寒，冷風冷雨。米開朗基羅來到教堂望彌撒，童聲合唱班美妙的歌聲中，燭光搖曳的溫馨中，他看到了鮮花盛開的原野，看到了長裙飄飄的柯隆娜；遠處，清澈的河邊，阿瑪杜利的笑容是那樣的真誠。他閉上眼睛，強忍住左肩的劇痛，虔誠祈禱，「上帝啊，請讓我來到您的身邊，我實在是非常的疲倦了……」

　　二月十二日這一天，格外寒冷，冷雨綿綿密密下個不停。晚間，米開朗基羅放心不下他的《聖殤》，走出戶外冒雨工作。聽到噹噹的鑿石聲，管家大驚，一邊叫人去請醫生一邊帶著兩個助手直奔花園深處，渾身溼透的米開朗基羅果然在昏暗中忘我地工作著，火星飛崩中，大理石粉塵紛紛揚揚在迷濛的雨霧中閃閃發亮。管家心痛得無法言語，同兩位助手一道幾乎是把米開朗基羅抬回室內……。

　　夜間，米開朗基羅開始發燒，他微笑，心安理得，「感謝上帝，您聽到了我的呼喚……」

　　二月十四日，醫生差人送信給教皇庇護四世，藥石已經不能救治米開朗基羅，要早做準備。雖然這個消息遲早會來，教皇還是感覺非常的哀傷。毫無疑問，米開朗基羅身後應當在聖彼得大教堂有他自己的陵墓。但是，現如今，那裡還是工地，一定要找一個合適的所在暫時停厝……。

　　管家即刻派心腹直奔三百公里以外的佛羅倫薩，給李奧納多送信。得到伯父病危的消息，李奧納多一面著人知會

科西莫公爵，一面帶著隨從飛身上馬，他的妻子追出來，遞給他一包東西，來不及細看，李奧納多一行人瞬間消失了蹤影。

二月十八日下午，醫生輕輕按著米開朗基羅的脈搏，宣布這位偉大的藝術家已經逝去。此時，李奧納多趕到了，他看到了伯父安詳慈和的面容，幾乎不像一位病人。

教皇庇護四世一面下達指令安排葬禮，一面率領廷臣直奔聖彼得大教堂工地，三令五申，雖然總設計師已經安息主懷，但是聖彼得大教堂的工程一定要嚴格遵照米開朗基羅生前的設計進行，不得私自改動。

深夜，李奧納多獨自守靈。這個時候，他才想到離開佛羅倫薩時妻子交給他的東西，從懷裡掏出來一看，是用棉布縫製的兩個工具包，一個可以放一把鎚子，一個可以放四把鑿子。李奧納多找到米開朗基羅的工具箱，將丟在最上面的鎚子拿在手裡，鎚柄極其光滑，呈棗紅色，不知多少血汗浸潤了它。李奧納多想到伯父七十多年來負擔起柏納瑞蒂家族

的重擔，家人卻沒能為他分擔絲毫的憂煩，不禁悲從中來，掩面痛哭。

夜更深了，李奧納多用一塊絨布將鎚子擦拭乾淨裝進布套。又擦乾淨四把尺寸不一的鑿子裝進另外一個布套，小心翼翼地將這兩個工具包放在伯父的身邊。他似乎看到了伯父脣邊浮起一朵微笑。

清晨，當人們將藝術家入殮的時候，李奧納多驚恐萬分地注意到，不知何時，伯父本來安詳地疊放在胸前的雙手，此時卻將兩個工具包緊緊地握在手中！來不及細想，李奧納多已經被裹進送行的行列。羅馬萬人空巷，送別的儀式隆重莊嚴……。

李奧納多送給管家、助手、傭人們豐厚的酬勞，感謝他們照顧了伯父；帶人雇用馬車將伯父的雕刻作品先行包裝起來，裝車，準備啟運的那個夜晚，月黑風高，伸手不見五指。科西摩公爵的人馬到了，他們易裝成商人、夥計、車伕，順利進入米開朗基羅停厝的禮拜堂，將他包裹得如同昂貴的大

件商品一樣，瞞過羅馬市中心的教廷警衛人員，悄無聲息地驅車返回佛羅倫薩。

又一個清晨，禮拜堂執事跌跌撞撞奔向梵諦岡，「大師不見了！」廷臣急報教皇，追擊的武士們已經跨上馬背，只等教廷一聲令下……。

教皇庇護四世站在保利內禮拜堂的中心，站在米開朗基羅最後兩幅溼壁畫的中間，心痛如絞。歷代教皇、整個梵諦岡教廷在將近七十年裡剝奪了這位藝術家多少幸福，最近三十年，更是剝奪了他返回家鄉的任何可能性。現在，他必定是在回鄉的路上，教廷還要把他追回來嗎？教皇抬眼看看靜候在身邊的廷臣，語氣沉重地說道，「回鄉是米開朗基羅的心願，我們不要阻攔……」

三月十一日午夜，科西莫公爵焦急地等待在佛羅倫薩著名聖殿聖十字大教堂（Basilica di Santa Croce）門外，為了米開朗基羅，他已經準備一戰。一陣疾風掠過，一騎急馳而來，騎士滾鞍下馬，報告喜信，「沒有追兵」。

　　聖十字大教堂的教長從未見過米開朗基羅，此時徵得李奧納多的同意，開棺瞻仰大師遺容。哪裡像是已經逝去三周的人，大師似乎正在甜睡中，面容親和慈祥。雖然極力不要散布大師回鄉的消息，但是佛羅倫薩人還是都來了。火把燭光照亮了這座文藝復興的偉大搖籃，瞻仰大師遺容的隊伍絡繹不絕。

　　一個蒼勁的聲音從高高的天際傳來，「此時不走，更待何時？」一個偉大、頑強、永不屈服的靈魂沖天而起，雙手緊握著工具包。

　　米開朗基羅在雲端停住腳步，回身下望，整個佛羅倫薩萬人空巷，他的棺槨從一批人的肩上被換到另外一批人的肩上，送行的行列環繞著親愛的故鄉，綿延不絕……。

來自天堂的笑聲

　　寫完了最後的一個句號，懷著萬分不捨的心情，我離開電腦桌，走上樓去，走到大門外，站在廊下。門外的扶桑開著餐盤一樣大的粉紅色花朵，勤勞的蜜蜂正在酒紅色的花蕊間忙碌。聽到郵差先生笑盈盈的語聲，「這麼美的花，真是罕見。」謝過他的讚美，我翻看著他遞過來的信件。

　　紐約大都會博物館精緻的邀請函用美麗的金色花體字書寫，米開朗基羅創作的三座雕像、一百五十幅素描將要在二〇一七年十一月中旬來到曼哈頓，同大家見面。大都會誠邀我們參觀預展……。

　　淚水忍不住滴落下來，我完全相信，這樣的福緣是米開朗基羅一手促成。他贊成我的書寫。深夜，無數次的左右徘徊、面對堆積如山的文本中莫衷一是的種種猜測作出的分析

與結論，此時此刻都贏得了更為堅定的信心。我抬頭看著晴朗的藍色天空，看著飛快掠過的美麗白雲，喃喃出聲，「謝謝您！」

歡樂的笑聲中，年輕的米開朗基羅揮動著鎚子和鑿子，一臉燦爛。他的身邊，風度翩翩的美男子當然是卡瓦萊瑞，另外一邊是高貴的柯隆娜，笑靨如花。啊，還有阿瑪杜利，他正快樂地喊著，「我們曼哈頓見！」

我大聲回應，「曼哈頓見！」

特展之後，我還要奔向米蘭，奔向《隆達尼尼聖殤》，從這件美麗作品的每一條鑿痕中感念米開朗基羅為之奮鬥終生所留下來的萬千啟示、萬千美好。

米開朗基羅
Michelangelo

米開朗基羅 年表

1475年3月6日 米開朗基羅‧柏納瑞蒂出生於義大利卡普瑞斯。他是
家中第二個男孩子，由塞迪納諾一個石匠家庭撫養。
米開朗基羅的家人在這一年遷回佛羅倫薩。

1481 母親去世。

1482 入學讀書。

1485 父親續弦，米開朗基羅搬回佛羅倫薩家中。

1488 進入吉蘭達約畫室，成為吉蘭達約的學生，學習繪畫。

1489 進入梅迪奇家園學習雕塑。老師是迪‧喬凡尼。

1492 創作《半人馬之戰》。庇護者羅倫佐‧梅迪奇去世。離開梅迪
奇家園，返家。

1494 在義大利戰爭爆發之前，逃離佛羅倫薩，前往威尼斯、波隆
那。

1495 返回佛羅倫薩，為《沉睡的邱比特》塑像。

235

1496 夏天，第一次來到羅馬，應邀創作《酒神巴克斯》。繼母在這一年去世。

1498 創作唯一署名作品《梵諦岡聖殤》。

1499-50 輾轉於席也納等地，接受委託塑造雕像。

1501 佛羅倫薩教堂公會同羊毛同業公會與米開朗基羅簽約，創作《大衛》。

1504 《大衛》完成，接受委託繪製佛羅倫薩市政廳舊宮大議事廳壁畫《卡西納戰役》。

1505年2月 完成《卡西納戰役》草圖，應教皇朱利阿斯二世徵召，趕赴羅馬，第一次同教廷簽約，設計製作朱利阿斯二世陵寢。完成《朱利阿斯二世陵寢》草圖。

1506 返回佛羅倫薩。同年十一月，應教皇朱利阿斯二世徵召，抵達波隆那鑄造銅像。

1508年3月 銅像落成，返回佛羅倫薩。4月，再次被徵召，返回羅馬，繪製西斯汀禮拜堂穹頂溼壁畫《創世紀》。

1512年10月31日 西斯汀禮拜堂穹頂畫落成，揭幕。返回佛羅倫薩。

1513 返回羅馬，為朱利阿斯二世陵寢再次簽約，完成其設計草圖，完成多尊奴隸雕像，完成《摩西坐像》。

1514-1515 返回佛羅倫薩，應教皇利奧十世之命為佛羅倫薩聖羅倫佐教堂設計正門。

1516 第三次為朱利阿斯二世陵寢簽約，完成其設計草圖。

1517 完成聖羅倫佐教堂正門木質模型，送交羅馬。

1520年3月 聖羅倫佐教堂正門合約取消。返回羅馬，繼續完成朱利阿斯二世陵寢所需雕像。根據另外一份合約，完成《站立起來的耶穌》。

1523 應教皇克利門特七世要求設計梅迪奇禮拜堂內的兩座陵墓以及聖羅倫佐圖書館。

1524 完成聖羅倫佐圖書館設計。

1526 完成梅迪奇禮拜堂內《晨》、《暮》雕像製作。

1528 最親近的弟弟波納若托去世。

1529 應佛羅倫薩政府要求擔任戰時防禦工事總設計師。佛羅倫薩戰敗後，逃亡威尼斯，於這一年十一月返鄉繼續梅迪奇禮拜堂工程。

1530 完成作品《勝利》。阿瑪杜利開始為其工作。

1532 第四次為朱利阿斯二世陵寢簽約，完成其設計草圖。這一年認識摯友卡瓦萊瑞。

1533-34 為梅迪奇禮拜堂完成《聖母子》，《尼莫爾公爵雕像》、《日》、《夜》，父親去世，離開佛羅倫薩前往羅馬。

1535 開始繪製西斯汀禮拜堂祭壇前溼壁畫《最後的審判》。

1538 結識摯友薇托瑞亞・柯隆娜。開始設計羅馬卡比托里高地廣場與建築。

1541 完成《最後的審判》。

1542年8月20日 最後一次為朱利阿斯二世陵寢簽約，應允該陵寢可在中心位置安放《摩西坐像》，並應允為陵寢雕刻兩座新的雕像。開始繪製梵諦岡保利內禮拜堂內溼壁畫《掃羅信主》。

1545 完成《掃羅信主》。

1546 在保利內禮拜堂，開始繪製最後一幅溼壁畫《聖彼得受難》。開始設計羅馬法內西宮建築。開始設計羅馬聖彼得大教堂新堂圓頂。

1547 被教皇保祿三世任命為聖彼得大教堂新堂總設計師。摯友柯隆娜去世。開始創作《佛羅倫薩聖殤》。《摩西坐像》被安置在教皇朱利阿斯二世陵寢。

1548-1549 工作中受傷，被腎結石所苦。

1550 完成溼壁畫《聖彼得受難》。瓦薩里所著傳記出版。

1553 康迪威所著傳記出版。

1555 完成《萊契爾》、《蕾亞》雕像,安置在教皇朱利阿斯二世陵寢。完成《佛羅倫薩聖殤》。助手阿瑪杜利去世。

1556 開始創作《隆達尼尼聖殤》。

1559 設計佛羅倫薩人在羅馬的聖喬凡尼教堂。

1560 設計聖瑪利亞大教堂內的斯福爾扎禮拜堂。

1561 將古羅馬澡堂設計改建成聖瑪利亞天使教堂。設計羅馬地標庇亞門。

1563 被選為佛羅倫薩學院院士。

1564年2月18日 逝於羅馬瑞斯蒂柯奇自宅。3月11日,姪子李奧納多在科西莫公爵協助下將米開朗基羅送回家鄉佛羅倫薩。7月11日正式歸葬於佛羅倫薩聖十字大教堂。

1623 詩集出版。自此,米開朗基羅不僅在雕塑、繪畫、建築方面成就非凡,他的詩歌也被傳唱。

1626 羅馬梵諦岡聖彼得大教堂新堂依照米開朗基羅的設計竣工。

國家圖書館出版品預行編目資料

米開朗基羅 / 韓秀著. --初版. -- 臺北市：幼獅, 2017.12
　　面；　公分. --(故事館；50)

　　ISBN 978-986-449-090-5(平裝)

857.7　　　　　　　　　　　　106015828

故事館050
米開朗基羅

作　　　者＝韓秀
出 版 者＝幼獅文化事業股份有限公司
發 行 人＝李鍾桂
總 經 理＝王華金
總 編 輯＝劉淑華
副總編輯＝林碧琪
主　　編＝林泊瑜
編　　　輯＝黃淨閔
美術編輯＝李祥銘
總 公 司＝10045臺北市重慶南路1段66-1號3樓
電　　話＝(02)2311-2832
傳　　真＝(02)2311-5368
郵政劃撥＝00033368

印　　刷＝錦龍印刷實業股份有限公司　　　幼獅樂讀網
定　　價＝250元　　　　　　　　　　　http://www.youth.com.tw
港　　幣＝83元　　　　　　　　　　　　幼獅購物網
初　　版＝2017.12　　　　　　　　　　http://shopping.youth.com.tw/
書　　號＝987245　　　　　　　　　　 e-mail:customer@youth.com.tw